GEMİCİ SİNBAD'IN SERÜVENLERİ

Nehir Yayınları

nehir yayınları: 87
klasiklerimiz dizisi : 4
ISBN: 975-551-101-6

Yayın Danışmanı
Mustafa Ruhi ŞİRİN

Bu kitabın kapak ve iç resimlerini Ayda Kantar çizdi. Kapak, dizgi ve içdüzen Anajans'ta hazırlatıldı. Baskı ve cilt işleri Oğul Matbaacılık'ta yaptırıldı.

Nehir Yayınları

İstanbul
Temmuz 1993

Taşdirek Çeşme Sok. 9/5 Çemberlitaş / İSTANBUL
Tlf: 518 04 21 - 518 41 35
Fax: 518 41 34

GEMİCİ SİNBAD'IN SERÜVENLERİ

Hazırlayan
Kâmil DORUK

KLASİKLERİMİZ DİZİSİ

İÇİNDEKİLER

SİNBAD

Herkesin çok iyi bildiği gibi, Abbasi Sultanı Harun Reşid zamanında, Bağdad'da, Sinbad adında bir adam yaşıyormuş. Bu adam, taşınacak malı olanların malını taşıyarak geçimini sağlayan, yoksul bir hamalmış. Bir gün, Bağdad şehrinin bir ucundan bir ucuna taşımak üzere ağır bir yükü sırtlamış. Hava pek sıcak olduğundan, zavallı adam ter içinde kalmış. Bir sokağın meydana çıkan köşesinde, gösterişli büyük bir konağın bahçe duvarına biraz dinlenmek için yaslanmış. Yükünü duvarın üzerine bırakıp, cebinden çıkardığı büyükçe bir bez mendil ile terini silmeğe başlamış. Bu arada dönüp konağa doğru bakmış. Konağın bahçesindeki taşlar gül suyuyla yıkanmış olduğundan etraf çok güzel kokuyormuş. Hava sıcak olduğu için açık olan kapı ve pencerelerden, neşeli kahkahalar, müzik ve şarkı sesleri geliyormuş. Merak içinde kalan Sinbad, o sırada içeriye girmekte olan bir hizmetçiye seslenerek, bu konağın kime ait olduğunu sormuş.

Hizmetçi:

-Hayret doğrusu! demiş. Bu şehirde iş yaptığına göre sen Bağdad'da yaşıyor olmalısın. İnsanın hem Bağdad'da yaşıyor olup, hem de bu konağın sahibi meşhur denizci tacir Sinbad'ı bilmiyor olması mümkün mü? Bu konak, dünyanın bütün denizlerinde dolaşmış olan efendim Sinbad'ındır.

Bu sözleri söyleyen hizmetçi, tekrar yürüyerek içeri girmiş. O gittikten sonra hamal Sinbad yorgun argın içini çekerek şöyle söylenmiş:

-Hey Allahım! Bütün varlığın yaratıcısı ve sahibi sensin. O Sinbad ile ben kulun Sinbad arasındaki farka bak! O adam bu kadar rahat ve neşeli bir hayat sürmek için ne gibi büyük başarıların üstesinden gelmiş?! Ya ben bu kadar ağır ve sıkıntılı yaşamak için ne gibi hatalar yapmışım acaba?!..

Hamal, dinlenme molasında böyle üzüntülü düşüncelerle dolmuş konuşurken, konaktan çıkan bir hizmetçi yanına gelip ona seslenmiş:

-Lütfen benimle gelin beyefendi. Efendim Sinbad sizi görmek istiyor.

Hamal, merak içinde hizmetçinin peşine takılmış. Hizmetçi onu, pek geniş ve güzel döşenmiş, süslü bir yere götürmüş. Misafirlerin ağırlanıp sohbet edildiği yer olan buraya, konağın divanhanesi deniyormuş. Divanhanenin orta yerindeki geniş, büyük bir masanın etrafına birçok iyi giyimli adam oturmuş, önlerinde türlü çeşit yiyecekten atıştırıyor, bir yandan da sohbet ediyormuş. Bu arada şarkıcılar, köşedeki çalgıcılar eşliğinde, pek yüksek olmayan ama hoş seslerle şarkı söylüyormuş. Masanın baş köşesinde, uzun beyaz sakallı, saygıdeğer görünüşü olan yaşlı bir zat oturuyormuş. Etrafında da birçok hizmetçi, emirlerini hemen yerine getirmek için hazır bekliyormuş. Bu zat, efendi Sinbad imiş.

Hamal Sinbad'ın gördüklerinden gözleri kamaşmış; heyecandan neredeyse dizleri titremeğe başlayacakmış ki, onu gören saygıdeğer zat, işaret edip yanına çağırmış. Orada bulunanları titrek bir sesle selamlayan hamal, dizlerinin korkudan mı yoksa açlık ve yorgunlaktan mı titremeğe başladığını farkedemeden, kendisine gösterilen yere, yani efendi Sinbad'ın yanıbaşına oturmuş. Efendi ona eliyle yemek ve nefis kokulu şerbetler sunmuş. Hamalın karnı doyunca yüzüne kan gelmiş, rahatlamış. Adamın kendine geldiğini görünce, efendi sormuş:

-Ey konuğum, söyle bakalım senin adın nedir?

-Sinbad efendim.

-Ey sevgili konuğum, benim adım da Sinbad. Demek ki adaşız. Biraz önce kapının önünde Yaradanımıza karşı ağzından dökülen sözler ilgimi çekti. Bunun için seni görmek istedim.

Kıpkırmızı kesilen hamal, utanç içinde şunları söyleyebilmiş:

-Özür dilerim efendim! Size karşı herhangi bir kasdım yoktu. Bu yakıcı güneş altında pek ağır bir yükü taşırken iyice yorulmuştum. Sırtımın ağrısından ve gözlerime dolan terden ne söylediğimi bilemiyordum. Bir anlık can sıkıntısı işte... Lütfen, affınızı istirham ediyorum efendim!

- Yo, yo adaşım; sana karşı bir kırgınlığım, bir dargınlığım yoktur. Senin hakkında bir şey bilmezken, bu, yersiz bir şey olurdu. Af dilemene gerek yok. İnsan bir şeyi dıştan bakıp değerlendirmeğe kalkışınca pek kolayca hataya düşüp yanılabiliyor. Ben uzun ömrüm boyunca bunu sayısız kere yaşadım. Şimdi benim istediğim, senin, hakkımda yanlış olarak beslediğin zannı düzeltmektir. Bütün bu gördüğün bolluğa, hiçbir sıkıntıya katlanmadan sahip olduğumu sanıyor olabilirsin. Belki benim denizlerde geçen maceralarım hakkında biraz bir şey kulağına çalınmıştır. Onlar da doğru olmayabilir. Başımdan geçenleri bir de benim ağzımdan dinlersen, benim miras yiyen bir haylaz evlat olmadığımı daha iyi anlarsın... Şimdi anlatacaklarım, eminim ki seni pek sıkmayacaktır. Çünkü hepsi son derece merak uyandırıcı şeylerdir.

Bir süre susup önündeki şerbetten birkaç yudum içerek boğazını ıslatan denizci tacir Sinbad, adaşı hamal Sinbad'a maceralarını anlatmağa başlamış.

SİNBAD'IN BİRİNCİ MACERASI

Benim babam çok zengin bir tacirdi. O öldüğünde ben henüz küçüktüm. Bana, tükenmesi imkansız gibi gelen büyük bir servet ve birçok mülk, miras olarak kalmıştı. Biraz büyüyüp, gezip eğlenecek gençlik yaşına gelince, bu serveti har vurup harman savurmağa başladım. Bu böyle yıllarca sürdü. O bitmez tükenmez gibi olan zenginlik, yavaş yavaş erimeğe başlamıştı. Neyse ki, her şey bitip tükenmeden, elimde pek az sayılacak bir şey kaldığında gözüm açıldı ve oturup düşünmeğe başladım. Yarın öbür gün, ihtiyarlık yılları gelince, beş parasız kalacaktım. Oysa gücüm de yeterli olmayacağından çalışamayacaktım da. Ve bu yüzden belki ona buna el açıp dilenmek zorunda kalacaktım. Düşününce, zenginliğin asıl ihtiyarlık yılları için daha gerekli olduğunu anladım. Bunun için, elimde avucumda kalanları çoğaltmağa karar verdim. Neler kaldığını sayıp dökünce, tam zamanında aklımın başıma geldiğini gördüm. Bir süre daha geçse, hiçbir şeyim kalmayacakmış. Ümidimi yitirmemeğe çalışarak, kalan birkaç mülk ile içlerindeki eşyayı satıp altına çevirdim. Elimdeki yüz taneyle birlikte, üç bin altınım olmuştu. Bunlarla ticaret yapacaktım.

Neyse, lafı fazla uzatmayalım, Dicle ve Fırat nehirlerinin birleştiği yerdeki büyük ticaret şehri Basra'ya gittim. Orada, altınlarımla birçok mal alarak, başka tacirlerle birlikte kiraladığımız bir gemiye yükledim. Yelkenleri fora edip, gemimizle Basra körfezinden yolculuğa başladık. Karşımıza çıkan irili ufaklı adalara uğruyor, oralarda mallarımızı parayla satıyor veya başka mallarla takas ediyorduk. Böyle böyle Doğu Hind adalarına kadar gittik.

Yine bir gün denizde yol alıyorken, güneş ışıkları altında zümrüt tarlası gibi pırıl pırıl ve yemyeşil ufak bir adanın karşısına geldiğimizde rüzgâr iyice kesildi. Gemimiz olduğu yerden kımıldayamıyordu. Biz de tacir arkadaşlarla, kaptandan izin alıp, sandallara doluşarak, kürek çeke çeke adaya çıktık. Adada hem dinlenmek, hem de eğlenmek için oturup birşeyler yemeğe, hoş sözler ve şakalarla sohbete başladık. Hepimiz neşe içindeydik ki, oturduğumuz yer birden sarsıldı. Üzerine çıktığımız ada yerinden oynamağa başlamıştı. Neye uğradığımızı şaşırmış, panik içinde hep birden ayağa fırlamıştık. Bir yandan da gemiden bize haykıranların ne dediklerini anlamağa çalışıyorduk. Gemiden bize şöyle haykırıyorlardı:

- Hey!... Hemen sandallara atlayıp gemiye doğru hızla küreklere asılın. Ada sanıp üzerine çıktığınız şey aslında büyük bir balinanın sırtıymış!

Önce davrananlar sandallara doluşarak gemiye doğru küreklere asıldılar. Sandallara yetişemeyenler de onların peşisıra yüzmeğe başladılar. Ben, şaşkınlık içinde donup kalmış, onlara ve olanlara bakıyorken, ada sandığımız balina suya gömülüverdi. Birşeyler pişirmek üzere ateş yakarız diye getirdiğimiz ucu kömürleşmiş bir tahta parçasına tutunabildim!

Olayın da heyecanıyla acele eden kaptan, herkesin gemiye döndüğünü sanarak, tekrar esmeğe başlayan serince rüzgârdan faydalanmak için yelken açtı ve böylece gemi kısa zamanda uzaklaşmış oldu. Artık benim halim dalgaların keyfine kalmıştı. Akşama kadar dalgalar beni bilmediğim bir yönde sürükledi. Ama kıyıya veya adaya benzer bir şey görünmedi. Gece olunca, açlık ve bitkinliğe bir de karanlıkta bir yeri görememe korkusu katılmış oldu. Gece ilerledikçe bütün dayanma gücümün tükenmekte olduğunu hissettim. Belki tahta parçasını bırakıp kendimi dalgalara teslim edecektim. Bunları düşünürken, irice bir dalganın fırlatmasıyla ayağımın sert bir yere çarptığını hisseder gibi oldum. Son bir gayretle gözlerimi iyice açıp baktım. Kıyıya vurmuştum, ama, kıyı bir-iki karış yüksekti. Nasıl olduysa son bir gayretle ayağımı uzattım ve kendimi toprağa atmağa muvaffak oldum. O gece, güneş doğuncaya kadar kendimden geçmiş bir halde yattım.

Güneş ışıkları vücudumu ısıtıp canlandırınca kendime geldim. Zar-zor ayağa kalkıp yürümeğe başladım. Biraz ilerledikten sonra, uzakta, deniz canavarına benzettiğim, otlayan bir hayvan gördüm. Yaklaşınca, bunun bir at olduğunu anladım. Ata yaklaştığımda, hayvan huysuzlanıp tepinmeğe ve kişnemeğe başladı. Bunun üzerine nereden çıktığını anlayamadığım bir adam, elinde kargı ve kalkanıyla önüme dikilerek kim olduğumu ve burada ne aradığımı sordu. Benim biçare ve silahsız olduğumu görünce, yanıma yaklaşıp beni dinlemeğe başladı. Başımdan geçenleri ona kısaca anlattım. Adam bana acıyıp:

- Sen zararsız bir insana benziyorsun. Gel seni diğer arkadaşlarımla tanıştırayım, dedi.

Sonra beni yakındaki bir mağaraya sokup, arkadaşlarıyla tanıştırdı ve şunları söyledi:

- Biz bu adanın başkanı olan Mihrace'nin at bakıcılarıyız. Yani seyis. Her sene Mihrace'nin en iyi kısraklarını bu mevsimde, yani bu ayın tam ortasında, ay dolun halindeyken buraya getiririz. Bugün burada işimiz bitiyordu. Eğer sen yarın gelecek olsan bize rastlayamaz ve büyük bir ihtimalle buralarda ölür giderdin. Çünkü şehir yalnız başına gidemeyeceğin kadar uzaktadır ve zaten sen yolunu bile bilmiyorsun. Yani şansın varmış, bugün gelip bize rastladın. Neyse... Biz atları buraya bu mevsimde niçin her sene getiririz, ona dönelim. Her senenin bu ayında, ay dolunay olunca, deniz aygırları denizden karaya çıkar. Bizim bağladığımız kısraklarla çiftleşirler. Bunların yavruları çok sağlam, çok hızlı olur. Tabii kısraklar denizden

çıkan aygırlarla birlikte gitmek isterler. Ama kazığa bağlı olduklarından, gidemeden biz yetişir, deniz aygırlarını korkutarak kaçırırız. Sonra da kısrakları alıp şehre döneriz. Bugün işimiz bittiği için yarın sabah erkenden yola çıkıyoruz. Şehirde seni Mihrace'mize takdim ederiz. Sen de derdini ona anlatırsın. Sana, memleketine dönebilmen için yardım edecektir.

Sabah erkenden, ortalık aydınlanmağa başlar başlamaz, kısrakları topladılar ve birlikte yola koyulduk. Şehir üç günlük mesafedeymiş. Gerçekten, üç gün süren bir yolculuktan sonra Mihrace'nin oturduğu şehre vardık. Bana hemen düzgün elbise giydirdiler. Kısa bir dinlenmeden sonra Mihrace'nin karşısına çıkarıldım. Beni güleryüzle karşılayan Mihrace, kim olduğumu ve nasıl buralara sürüklendiğimi sordu. Ona başımdan geçen şeyleri anlattım. Beni merak ve acımayla dinledi ve anlattıklarım bitince şöyle dedi:

- Eminim ki senin ömrün uzun olacak ve hep sonunda şans senden yana olacak, yüzünü güldürecektir.

Bu iltifatlarla beni sevindirdikten sonra da, adamlarına, bana çok iyi bakmalarını ve her ihtiyacımı karşılamalarını emretti. Bu emir hemen ve fazlasıyla yerine getirildi.

Çok geçmeden, belki bir hafta kadar sonra, Mihrace, beni şehrin iskelesine girip çıkan gemileri kontrol etmekle görevlendirerek, bana olan güven ve samimiyetini göstermiş oldu. Hemen her gün de, gezintiye çıktıkça yanıma uğruyor, halimi hatırımı soruyordu. Her konuşmadan sonra daha yakın dost olarak ayrılıyorduk. Ve bana yeni yetkiler veriyor, yeni kazanç yolları açıyordu. Beni memnun etmek için elinden geleni esirgemiyordu.

Ben, isekeleye yanaşan her yabancı gemiden inenlere, aralarında Basra ve Bağdad'dan gelen olup olmadığını soruyordum. Ama aldığım cevap hep olumsuz oluyordu ve buna çok üzülüyordum.

Ne kadar zaman sonra bilmem, günlerden bir gün, iskelenin kenarında oturmuş, elimdeki ince bir çubuğu suya batırarak dalgın dalgın oyalanıyorken, yabancı bir ticaret gemisi göründü. Limana yanaşıp demir atınca, gümrük ücreti için, görevim icabı gidip kaptanın inmesini beklemeğe başladım. Bu arada, gemideki tacirler, mallarını indirmeğe başlamıştı. Kaptanı beklerken, indirilen denklere bakıyordum.

Bir sandığın üzerinde kendi adımın yazılı olduğunu gördüm. Eşyaların boşaltılması bitip kaptanla konuşmağa başlayınca, üzerinde ismimin yazılı olduğu sandığı göstererek, bunun kime ait olduğunu sordum. O da, o malın sahibinin, Sinbad adında bir tacir olduğunu, ama adamın denizde kaybolduğunu söyledi. Ona kendimi tanıtıp başımdan geçenleri anlatırken, diğer tacir arkadaşlar da toplanmıştı. Hepsiyle kucaklaşıp hasret giderdik. Beni bulduklarına sevindikleri için çoğu ağlaşıyordu.

Mallarımı sayınca, bir eksik olmadığını gördüm. Bu dürüstlüğü için kaptana içlerinden bazı parçaları hediye olarak vermek istedimse de, görevi olan bir şeyden başkasını yapmadığını söyleyerek, kabul etmedi.

Bundan sonra, mallarım arasından en güzel ve en kıymetli olanları seçtim. Diğer tacir arkadaşlar da aynı şekilde, yanlarına uygun hediye eşyalar alarak, birlikte Mihrace'nin huzuruna çıktık. Hediyelerimi takdim edip, olanları, yani, bu yanımdakilerin benim arkadaşlarım ve geldikleri geminin de birlikte bindiğimiz gemi olduğunu anlattık. Mihrace çok duygulandı ve hediyelerimize teşekkür etti. Onunla, bizim yaşadığımız yerler ve yaşayışlar hakkında uzunca süre sohbet ettik. Bizim için hemen bir ziyafet sofrası kurdurttu. Daha sonra memleketime arkadaşlarımla birlikte dönmek için kendisinden izin istedim. Benimle dostuluğuna çok önem verdiğini biliyordum. O da beni çok arayacağını , ama en tabii hakkım olan memleketime dönme hakkından beni alıkoymayacağını söyledi. Giderken bana, adada yetişen en değerli baharattan ve diğer eşyalardan başka, dostluğunun bir göstergesi olarak, on kese altın verdi. Ayrıca, gemiyle gelen mallarımı, bu adada istediğim gibi satabileceğimi veya takas edebileceğimi bildirdi. Buna çok memnum oldum. Çünkü ben her şeyden önce bir tacirdim. Bütün malımı bu şekilde, ya satarak veya takas yoluyla bitirdim. Gemiye de, bizim oralara götürmek üzere, burada yetişen kıymetli baharat ve eşyadan doldurdum.

İrili ufaklı birçok adayı geçtikten sonra sonunda Basra limanına ulaştık. Gelirken bu adalardan bazılarına uğrayıp mallarımızı satabildiğimiz kadar satıyor veya takas ediyorduk. Böylece, Basra limanına geldiğimizde benim yanımda birçok maldan başka, yüzlerce kese altın birikmiş oldu. Yanımda kalan malları Basra'da da sattıktan sonra, kalan mal ve yüz bin altınımla buraya, Bağdad'a döndüm. Yakınlarım beni görünce pek sevindiler. Hele zengin bir tacir olarak dönüşüm onları daha da mutlu etti. Ben de, bundan sonraki günlerimi, yani yaşlılığımı rahat içinde geçirmek için arazi ve evler satın aldıktan başka, bu büyük konağı da yaptırmağa başladım. Hizmetçilerimle birlikte, artık rahat bir ömür sürmek kararını vermiştim. Ama...

*

Sinbad, macerasını anlatmayı burada kesti. Bu onun ilk macerasıydı. Hamal Sinbad'a bir kese altın verdikten sonra:

- Adaşım, seni yarın tekrar bekliyorum. İkinci maceramı yarın anlatacağım. Hadi git güle güle. Yarına kadar Allah'a emanet ol, dedi.

Hamal Sinbad, efendi Sinbad'ın verdiği bir kese dolusu altına, dokuna dokuna, evinin yolunu tuttu. Akşam karısına, gündüz başından geçenleri anlatıp altınları gösterdi. Bu yoksul aile şimdi sevinç içindeydi ve efendi Sinbad'ın sağlığı için Allah'a dua ediyordu.

SİNBAD'IN İKİNCİ MACERASI

Ertesi gün tekrar toplanılınca, Sinbad anlatmasına devam etti:

Evet, birinci maceradan sonra çok yorulduğumu sanıp, bundan sonraki hayatımı, bu konakta dinlenerek geçirmeğe karar vermiştim. Ama, günler geçtikçe, yorgunluğumu unuttum ve bu hareketsiz hayattan sıkılmağa başladım. Bir yandan da, ilk seferin kazancının tadı damağımda kalmış gibiydi. Böyledir insanoğlu. Paranın, zenginliğin tadını almayagörsün. Artık rahat yoktur ona. Bütün dünyayı kazansa, başka dünyalara diker gözünü bu kez de. Neyse, lafı fazla uzatmadan konumuza dönelim. Can sıkıntısı diyelim veya tekrar kazanma isteği veya yeni maceralar yaşama, yeni yerler görüp öğrenme merakı diyelim, her neyse; yeniden mal alıp, dürüstlüğüne güvendiğim başka tacir arkadaşlarla birlikte bir gemiyi doldurup denize açıldık. Böylece ikinci deniz yolculuğuna çıkmış oldum.

Adadan adaya geçiyor, uğradığımız bu adalarda yanımızdaki malı kâr ederek satıyor, yerine, başka yerde daha fazla fiyata satabileceğimiz mallar alıyorduk.

Bir gün yine bir adanın önünden geçerken, buraya da uğrayalım dedik. Kaptan ve biz tacirler, sandallara binip adaya çıktık. Burada kimse göremediğimiz gibi, insan yaşadığını belli edecek bir ize de rastlayamadık. Ama, her yerde bulunmayan çeşitli meyva ağaçlarından bol bol vardı. Diğer arkadaşlar meyva ve sebze toplamağa başladılar. Herkes bir tarafa yönelmiş geziniyor veya gruplar halinde oturmuş karın doyuruyordu. Ben de, ağaçlıklı bir köşeye çekilip, yanımdaki yiyecekleri yayarak karnımı doyurmağa başladım. Karnım doyunca, uyku bastırdı ve birkaç dakikalığına, o gölgelikte uyumak için uzanıverdim. Ama uyandığımda, bakındım, birlikte geldiğim arkadaşlarımı göremedim. Gemimizin olduğu tarafa baktım. Yelkenleri şişirmiş gidiyordu. Çok geçmeden de onu göremez oldum. Tabii bu durum karşısında çok canım sıkıldı, üzüldüm, karamsarlığa kapıldım. Şimdi bu kimsesiz adada tek başıma ne yapacaktım? Yapacak pek bir şey yoktu. Kendimi toparlayıp, yüksekçe bir yere çıkarak adanın uzak köşelerine bakayım diye düşündüm. Bunun için, yüksek bir ağacın tepesine tırmandım. Adanın bir tarafında kubbeye benzer bir yapı gördüm. Ama ne olduğuna dair aklımda hiçbir şey belirmedi. Merak içinde ağaçtan inip o tarafa doğru yürümeğe başladım. Bu ıssız adada acaba bu bir insan eseri miydi? Belki içinde veya etrafında insanlar vardı...

Beyaz şeyin yanına yaklaşınca, bunun, benim tahmin ettiğimden de büyük olduğunu gördüm ama, etrafını dolanmama rağmen ne olduğunu çıkaramadım. İçerisine girilebilecek bir kapısı veya bir deliği olmadığı gibi, pencereye benzer bir şeyi de yoktu. Sadece, yüzeyi kubbemsi ve mermer gibi pürüzsüz bir şeydi. Bu büyük yuvarlağın etrafında merak içinde dolanırken ne kadar yorulduğumu farkedememişim. Bir yere oturunca ayaklarımın sızladığını farkettim. Sonra bir anda ortalık karardı. Başımı kaldırıp baktım, gökyüzünde, yer ile güneş arasında perde gibi büyük bir kara bulut gitgide adaya doğru yaklaşmaktaydı. Adanın tamüzerine gelince, benim şaşkınlık ve korkudan iyice açılmış gözlerimin önünde alçalmaya başladı. Paniğe kapılıp ayağa fırladım. Beyaz, kubbemsi yuvarlağın dibine sığındım. Çünkü buluta benzettiğim şey, inanılmaz derecede büyük, açılmış iki kanat idi ve üzerime doğru iniyordu. O şakınlık anında hatırımdan geçti ki, bu, seyahatlerim sırasında gemicilerden defalarca dinlediğim dev "zümrüdüanka" kuşudur; bu yuvarlak beyaz şey de onun yumurtası. Gerçekten de dev kuş, gelip yumurtasının üzerine kondu. Yumurtanın kenarına korkudan yapışmış olduğum için kuşun bir bacağı burnumun ucuna değiyordu. Ağaç gövdesi kalınlığında bir bacaktı bu. Bu güçlü bacak, bende bir fikrin uyanmasına yol açtı. İşte beni bu ıssız adadan kurtaracak olan yanıbaşımdaydı! Hemen başımdaki sarığı çözüp bu kalın bacağa ve bir ucunu da belime doladım. Böylece kendimi, kurtarıcım olarak kabul ettiğim anka'ya bağlamış oldum.

Ertesi sabahın ilk ışıklarında, büyük kanatların hışırtısı ve koca gövdenin gürültülü kımıldanışlarıyla uyandım. Dünden çok yorgun olduğum için kuştan önce uyanamamışım. Bir süre orasını burasını gagalayıp silkelenen kuş,

böyle yaparak uyku mamhurluğunu iyice dağıttıktan sonra havalandı. Tabii ben de belimden bağlı olarak birlikte havalanmış oldum. Kuş o kadar yükseldi ki, kısa bir süre sonra aşağılarda ne deniz, ne kara, ne bir şey görünüyordu artık. Bir ara anka kuşu inanılmaz bir hızla alçalmağa başladı. O kadar yükseklikten pek kısa bir anda taşlık bir yere indi. İnerken etrafa dikkat etmem bile mümkün olmamıştı. Anlayabildiğim, burası bir karaydı, hepsi bu. Hemen sarığın kuşun bacağına bağlı olan ucunu çözüp kendimi kurtardım. Beş-on saniye sonra anka, gagasının arasında sallanan uzun bir yılan olduğu halde havalanıp gözden kayboldu. Ondan sonra ben de, bir yandan sarığımı belimden çözmeğe çalışırken, bir yandan da etrafıma bakıp, nasıl bir yere indiğimi anlamağa çalıştım. Nerede olduğumu anlayınca, kederden ve ümitsizlikten ölecek gibi oldum. Burası, etrafı keskin ve tırmanılması imkânsız diklikte kayalık duvar gibi dağlarla çevrili bir uçurum gibiydi. Yani, bir kova dibi gibi. Çıkmam imkânsız göründüğüne göre, burada mı ölecektim?! Taşlık, çakıllık arasında düzce bir yer bulup oturdum ve ümitsizlik içinde beklemeğe başladım. Etrafıma bakınıyor, bir çıkış yolu bulamıyordum. Bu halde ne kadar kaldığımı bilemiyorum. Bir ara, yukardan düşmeğe başlayan bir şeylerin gürültüsüyle yerimden sıçradım. Düşen şeylere baktım. Bunlar, büyük büyük taze et parçalarıydı. Bu arada dikkatimi çeken şey, güneş iyice yükselmiş ve bulunduğum çukurun tabanına doğrudan vurmağa başlamış olduğundan, etrafın son derece pırıltılı bir hal almasıydı. Elime alıp bakınca, kaya kırıkları, yani çakıl taşları sandığım irili ufaklı bu taşların elmas olduğunu anladım. Ben bu haldeyken, dünyada kolay kolay görülemeyecek büyüklükteki kartalların, et parçalarını kapıp havalanmağa başladığını gördüm. Hemen harekete geçip, içlerinden en irilerinden bir et parçasına, sarığımla kendimi bağladım ve yüzükoyun yere yattım. Tabii, bunu yapmadan önce, ceplerime ve içinde ne varsa boşalttığım yiyecek torbama elmas doldurmayı unutmamıştım. Ben yüzükoyun yattıktan bir süre sonra iri bir kartal gelip kendimi bağladığım büyük et parçasını pençeleri arasına sıkıştırıp havalandı. Birlikte yükseldik. Tepeye varınca kartal yuvasına kondu. O konup eti bırakır bırakmaz, bir gürültü koptu ki, hayvan neye uğradığını anlayamadan, yuvasını ve yavrularını bırakıp kaçmak zorunda kaldı. Kartal kaçtıktan sonra, bir sürü adam gelip ete üşüşünce, beni gördüler ve herhalde cin zannedip şaşkınlık içinde donakaldılar. Ama ben insan gibi konuşmağa başlayıp, korkmalarına gerek olmadığını söyleyince, içlerinden yürekli bir ikisi yaklaştı. Onlara bir şey olmadığını görünce, diğerleri de geldi. Meğer bunlar elmas avcısı tüccarlarmış. Bu taze etleri elmas vadisinin dibine atınca, ete yapışan elmasları, eti yavruları için yukarı çıkartan kartalları korkutup kaçırarak, aralarında paylaşıyorlarmış. Yani, uçurumdan başka bir şey olmayan bu vadinin dibindeki elmasları bundan başka ele geçirmenin yolu yokmuş. Ben de kendilerine başımdan geçenleri anlatınca pek şaşırıp hayret içinde kaldılar. Diğer kartal yavrularını bekleyen elmas avcısı tüccarlar da işlerini bitince, hep biraraya geldiler. Böylece benim maceramı hepsi öğrenmiş oldu.

Akşam yaklaştığından, hep birlikte barakalarına gittik. Onlara, elmaslarımı ortaya dökerek, en irilerinden alabileceklerini söyledim. Bendeki elmasların iriliği karşısında hepsinin de gözleri faltaşı gibi açılmıştı. Çünkü, etlere yapıştıktan sonra, düşmeden kalan ancak hafif, yani ufak-tefek elmas parçaları olabili-

yordu. Bundan dolayı iri elmasların yukarı çıkıp bu adamların eline geçmesi imkânsızdı. Yine onlar, benim elmaslarım arasından en irilerini değil, orta irilikte olanlardan seçtiler kendilerine hediye olarak. Daha büyüklerinden alabileceklerini söyledimse de, bu kadar iri olanın da, bir kişinin servet sahibi olup, bundan sonra kalan hayatını rahatlık içinde geçirmesi için yeter, hatta artar olduğunu söylediler.

O geceyi barakada geçirdikten sonra hep birlikte yola çıktık. En yakın limana vardıktan sonra, bir gemiye binip Roha adasına gittik. Bu adada, kâfur elde edilen bir ağaç vardı ki, etrafını yüz kişinin rahatça gölge altında dinlenebileceği bir bahçe haline getirmişlerdi. Yani ağacın dalları bu kadar geniş bir alanı kaplıyordu. O adada, yanımızdaki elmasların bir kısmıyla, değerli eşya alıp, başka adalara hareket ettik. Uğradığımız her adada ticaret yapıp kazancımızı arttırıyorduk. Nihayet Hindistan kıtasına da çıktıktan sonra, hepimiz kendi memleketimize doğru ayrıldık. Ben, yolumun üzerindeki şehirlerde ticaret yapa yapa Basra'ya vardım. Oradan da Bağdad'a geçtim. Buraya geldiğimde, servetimin hesabını artık ben de bilmiyordum. Bunun az bir kısmını dağıtmak için ayırdımsa da, Bağdad'da bunun hepsini dağıtacak fakir bulmakta zorlandım. Sonra kendime saraylar ve hizmetçiler satın alıp dinlenmeğe başladım. Bu kadar macera ve ölüm tehlikelerinden sonra, kalan ömrümü tehlikeden uzak ve rahat içinde geçirmeğe karar vermiştim. Ama, aradan geçen birkaç yıl, bana tehlikeyi ve verdiğim kararı unutturdu. Bu macerasız hayattan sıkılmıştım. Çünkü henüz genç sayılırdım ve canım hareketli bir hayat yaşamak istiyordu. Bu istek başıma neler açtı, beni nereden nereye vurdu, anlatayım da dinleyin.

*

Bunu söyleyen Sinbad, ağzı açık, kendinden geçmiş onu dinleyen misafirlerine gülümseyerek, şu uyarıda bulundu:

- Tabii ki yarın...

Çünkü, neredeyse sabah olmak üzereydi.

SİNBAD'IN ÜÇÜNCÜ MACERASI

Bağdad ve çevresinden birçok mal satın alıp Basra'ya doğru yola çıktım. Orada bana güven veren başka tacirlerle biraraya gelerek bir gemi kiraladık ve havanın uygun olduğu bir günde denize açıldık. Uğradığımız liman ve adalarda çok iyi satışlar yaptık ve bundan hepimizin kazancı iyi oldu.

Böyle, keyifli bir halde açık denizde yol almakta olduğumuz bir gün, müthiş bir fırtınaya yakalandık. Bu durum karşısında, kaptan gemiyi, uğramaktan hiç hoşlanmadığını söylediği, en yakın adanın limanına yanaştırmak zorunda kaldı. Çünkü, ne kadar bekledikse de fırtına dinecek gibi değildi. Başka hiçbir çaremiz yoktu. Ya batacak, ya da bu limana yanaşacaktık.

Gemimiz adanın limanına girmek üzereyken, kaptan üzüntü içinde bize şu açıklamayı yaptı:

"Arkadaşlar! Hiç istemediğim halde bu adanın limanına yanaşmak zorunda kaldık. Batmaktan başka tek yolumuz buydu. Burası Maymun Adası'dır. Ortalık durulmağa başlarken, kımıldamamamıza bile fırsat kalmadan buradaki maymun adamlar karınca sürüsü gibi üzerimize üşüşecektir. Birini bile öldürmeğe kalkarsak, hiçbirimiz sağ kalmayı beklemesin. Şimdi bize Yaradan'ın takdirindeki talihten başka bir şey yardım edemez."

Gerçekten de, fırtına diner gibi olup, geminin hareketine uygun bir hale gelmeden, gözümüzü henüz açmıştık ki, etrafımızda, gemiye doğru yüzen bir sürü yaratık gördük. Çekirgelerin bir bulut gibi gelmesi nasıl olursa, bunlar da suda bir bulut gibi dört yandan gemiye yaklaşıyordu. Adaya baktığımızda, oradan da denize koşan sürülerin olduğunu gördük. Nihayet gemide tek kişinin adım atamayacağı yer kalmamacasına istilaya uğradık. Boyları bizim belimize gelen bu çevik yaratıklar, karıncalar gibi iplere bile tırmanmıştı. Demiri saldığımız çelik halatı kesip, gemiyi adaya yanaştırdılar ve bizi çöp boşaltır gibi adaya boşalttılar. Sonra da, yelkenleri fora edip açıldılar ve denizde görünmez oldular. Hepimiz adada öylece kalakalmıştık.

İlk şaşkınlık ve korkuyu üzerimizden attıktan sonra, artık ortalıkta pek bir kıpırtının kalmadığı adanın içlerine doğru yürümeğe başladık. Etrafımız yeşillik ve meyva ağaçlarıyla doluydu. Karnının acıktığını hissedenler, bu ağaçlardan koparıp yiyiyordu.

Adanın ortalarına doğru, gayet büyük bir bina gördük. Bu acaba bir saray mıydı? Şatoya benziyordu. Çünkü yüksek bir yere kurulmuştu, yüksek duvarlarla çevrilmişti. Kapısının önüne vardığımızda, tunçtan yapılmış iki kanatlı heybetli kapı, daha ilk dokunuşumuzda açılıverdi. Biz de meraktan başka bir şey düşünmeden içeri girdik. Avluda kimse görünmüyordu. Odaları, dehlizleri gezdik, kimse yoktu. Karnımız acıkmış olduğu için mutfağı arayıp bulduk. Ama içeri girmeden karnımız doydu. Nasıl mı? Çünkü, mutfağın kapısının yan tarafında kemikten bir tepe gördük. Yaklaşınca bunların insan kemikleri olduğunu anladık. Bunun üzerine, bizde açlığın zerresi kalmamıştı. Fakat, sabahtan beri ayakta olduğumuzdan, hepimiz çok yorgunduk. Yabancısı olduğumuz bu adada, bizim için bu avludan daha güvenli bir yer olamayacağına karar verdiğimizden, bir köşeye çöküp dinlenmeğe başladık. Çok geçmeden yorgunluktan uyuyakalanlar, uyumamağa çalışanların da uykusunu getirdi ve herkes, şöyle biraz kestirmek niyetiyle uzanıp, derin bir uykuya daldı.

Korkunç bir gürültüyle yerimizden fırladığımızda, güneş batmak üzereydi. Ne olduğunu anlayamayan şaşkın bakışlarımız arasında kapı açıldı ve büyük bir hurma ağacı boyunda iriyarı, kara suratlı, göz yerine suratının ortasında yanan bir kor gibi bir şey olan biri, göğü sarsan adımlarla içeri girdi. Kocaman sarkık dudakları, değnek gibi uzun ve sivri dişleri, bir filinki kadar büyük kulakları vardı. Bize doğru gelmeğe başladığında, içimizden çoğu onu artık göremiyordu. Çünkü korkudan bayılmışlardı. Bize yaklaştı ve anlayabildiğim kadarıyla akşam yemeğini seçmeye başladı. Önce, kepçe gibi kocaman elini bana uzattı ve avucunda bir muz gibi tutup tek gözünün hizasına kaldırdı. Bir süre inceledikten sonra, aşağılayıcı, beğenmez bir tavırla beni bıraktı. Sonra öbür tacirlerden birini aynı şekilde alıp inceledi ve beğenmeyip bıraktı. Ondan sonrakini de beğenmedi. Ben onun hareketlerini, yarı canlı bir halde, gözlerimi zar zor açabilerek takip ediyordum. Sonraki taciri de beğenmedi. Anlaşılan zebellanın niyeti doktorculuk oynamak diye düşünmeğe başlamıştım. Çünkü artık, en son olarak, en sağlıklı, en iriyarı olan kaptandan başka kimse kalmamıştı. Bu çirkin canavarın onun sağlık durumunu beğenmemesi de, onun bir şeyden anlamadığını gösterecekti. Yanılmamışım, ama keşke yanılsaydım. Çünkü, ben kendimi doktorculuk oyununa iyice kaptırmışken, kaptanımızın sağlık durumunu bilemem ama, et durumunu pek beğenmiş olmalı ki, çirkin dev zavallı kaptanı yere yatırıp ayağıyla bastırdı ve tuttuğu gibi çekip kafasını kopardı. Sonra da, mutfaktan uzun bir demir şiş getirip, kaptanın gövdesini bu şişe geçirdi ve mutfağın büyük ocağındaki ateşin üzerine tutup şiş kebap yaptı. Çok büyük bir tabağın içine koydu ve bir insan gibi, ama daha büyük olan çatal kaşık ile karnını doyurdu ve gidip dev gibi yatağına yatıp horlamağa başladı. Benim gibi bayılmamış olan birkaç arkadaşla birlikte sabahı uykusuz ettik. Sabah olunca çirkin dev, yüzümüze bile bakmadan çıkıp gitti.

O gittikten sonra öbür arkadaşlarımızı uyandırıp, ne yapmamız gerektiğini konuşmağa başladık. Sonunda, canavar devin yokluğunda, kıyıya inip, ikişer üçer kişilik de olsa, yapabildiğimiz kadar sal yapmanın en iyisi olacağına karar verdik. Sahile inip, toplayabildiğimiz malzemeyle, akşama kadar salları yaptık. Ama bu küçük şeylerle gece vakti denize açılmak olacak iş değildi. Mecburen geriye, canavarın sarayına döndük. Güneş batarken yine geldi ve içimizden en semiz, en iri olanı seçip, şiş kebabı yaptı ve afiyetle yedi. Yatağına yatıp keyifle horlamağa başlayınca, biraraya gelip, bunun böyle gidemeyeceğini, hepimizin teker teker şiş kebabı olacağını, nasıl olsa öleceksek, elimizden geleni yapmamanın aptallık olacağını düşündük. Sonunda verdiğimiz karara göre, mutfaktaki ateşi yaktık. Canavar dev, karnı doymuş, arkadaşımızı sindirirken öyle rahat ve keyif içinde uyuyordu ki... Bu, bizden asla şüphelenmemesindendi ve dolayısıyla uyanması düşünülemezdi. Ateşi yaktıktan sonra, dayalı olduğu yerden bir şiş aldık ve akkor haline gelinceye kadar ucunu ateşe tuttuk. Sonra, üç kişi taşıyarak, usulca devin suratına tırmandık ve birden kızgın, kıpkırmızı şişi tek gözüne bütün gücümüzle bastırarak soktuk. Şişin göze girip gözün dışarı akmasıyla beraber, canavar, koca gövdesinden umulmayacak bir çeviklikle, yani can havliyle fırlayıp anırmağa başladı. Korkunç sesinden zangır zangır titremeyen bir yer kalmamıştı. Artık göremediği için, bizi el yordamıyla arıyorsa da, biz kaçtığımızdan, birimizi bile artık yakalayamıyordu. Bu kovalamaca, sabaha karşı, ortalık hafif aydınlanana kadar sürdü. Dışarı çıkamıyorduk, çünkü, karşımıza ne çıkacağını bilemiyorduk. Burada bağırıp uluyan, oraya buraya körlemesine saldıran bir canavarla birlikte olsak da, kaçtığımız sürece yakalanmama gibi bir şansımız vardı. Önümüzden bir iki adımlık yeri görebilecek kadar hava aydınlanır aydınlanmaz, hemen dışarı fırladık. Çünkü, devin böğürtüleri tahammül edilir gibi değildi. Hızla sahile doğru koştuk. Arkamızdan gelen dev, önünü göremediği için ikide bir düşüyordu. Bu yüzden çok geride kalmıştı. Sesi de kesilir gibi olunca ümitlendik. Belki geberip giderdi de, biz de kurtulmuş olur, böylece, ufacık sallarla engin denize açılma tehlikesini en azından ertelemiş olurduk. Sonra imkân bulursak, daha büyükçe bir sal yapar

ve daha uygun havada açılmayı beklerdik. Ama böyle olmadı. Korkunç ulumalar daha da artarak yaklaştı. Dev bu sefer yalnız değildi. Yanında, ona benzeyen ve yürümesine yardım eden arkadaşlar vardı. Çaresiz, kendimizi ufak sallara üçer üçer attık. Var gücümüzle açığa doğru ilerledik. Ama, arkamızdaki devler, ellerine büyük kayalar almış, bellerine kadar da suya girerek bize fırlatmağa başlamışlardı. Bu taşlar altında, en önde olan ve en hızlı giden bizim salın dışında bütün sallar isabet alıp battı. Onlara binmiş olan arkadaşlarımız da, taş çarpmasından veya suda boğulmak suretiyle öldüler. İki arkadaşımla benim bindiğim sal, taş atış menzilinden çıktığı için isabet almamıştı. İnsanüstü bir gayret ve çabuklukla küreğe asılıp salı hızlandırmıştık.

O korkuyla bütün gün denizde açıklara doğru ilerledik. Artık denizden başka bir şey, karanın yakınlarda olduğunu belirten bir kuş bile, görünmüyordu.

O gece açık denizde rüzgâr hızlandı ve bizimle bir ceviz kabuğuymuşuz gibi sabaha kadar oynadı. Nihayet sabah olunca ortalık sakinleşti ve salımızın küçük bir adanın yakınına akmış olduğunu gördük. Korku ve açlıktan pek bitkin olmamıza rağmen, adaya çıkma ümidinin verdiği gayretle küreklere asılarak adaya yanaştık ve sahile kolayca çıktık. Üçümüzün de bundan sonra bir adım atacak hali kalmamıştı. Biraz dinlenelim diye bir ağacın altında, kumlar üzerine uzanıverdik. Uyandığımızda güneşin batmak üzere hayli alçaldığını gördük. Ama bizim uyanmamıza sebep olan hışırtı, bir çınar ağacının gövdesi kadar kalın gövdeli, uzun mu uzun bir yılandan geliyordu. Hızla bize yaklaşan yılan, arkadaşlarımdan birini baş tarafı, diğerini de kuyruk tarafıyla yakalayıp sarıldı. Baş tarafıyla sarıldığı arkadaşı bütün bütün yutmağa çalışırken, ben var gücümle denize doğru kaçmağa başladım. Artık ne olursa olsun kendimi denize atmağa kararlıydım. Tam denize atlamak üzereyken, son anda, yaklaşmakta olan bir gemi gördüm. Hemen sarığımı çözüp, bir bayrak gibi sallamağa başladım. Böyle yapmam sonuçsuz kalmadı. Gemidekiler beni görüp yanaştılar. Hemen filikayı indirip bir tayfa gönderdiler ve son sürat gelen tayfa, filikaya atlamamla birlikte yine aynı süretle gemiye döndü. Böylece bu dev yılandan kurtulmuş oldum. Başımdan geçenleri kaptana ve gemidekilere anlatınca, dinlenmem ve çektiğim acı ve korkuları unutmam için ellerinden gelen misafirperverliği fazlasıyla gösterdiler.

Bu gemiyle yol almağa başladık. Gemideki tacirler, bir adaya, bir sahil şehrine geldikçe karaya iniyor, kimisi orada yetişen baharat, eşya alıp malını denkliyor, kimisi de oralarda olmayan malları satıyordu. Bir gün, tebabette çok kullanılan, birçok ilacın yapımına karıştırılan sandal ağacının adeta ormanlar teşkil edecek derecede bol olduğu Selâhad adasına yanaştık. Herkes ticaret için gemiden indikten sonra, benim yalnız başıma garip kalışımı gören kaptan yanıma yaklaştı ve konuşmağa başladı:

"Senin böyle çaresiz, mahzun kalışına üzülüyorum evlad. Eğer kabul edersen, sana da kazanç yolu açacak bir teklifim olacak. Aşağıda ambarda, sahibi olmayan mallar var. Bunları, Maymun Adası civarında terkedilip karaya vurmuş bir gemiden aldık. Gemidekiler herhalde bir felakete uğrayıp telef olmuşlar. Gemide bulduğumuz denklerin üzerinde yazan ad ve adrese göre bu malları aldık ve o taraflara uğradıkça bu müslümanların varislerine, geride kalan çoluk çocuğuna bunları teslim etmeğe karar verdik. Şimdi sana teklifim: Bu mallardan bir dengi sana vereceğim. Sen de adaya çıkıp bu malları satacak, malın alınış değerini bana verdikten sonra, kârı sana kalacak. Ben malın alınış değerindeki parayı götürüp Bağdad'daki varislere vereceğim çünkü."

Kaptanın bu iyilik dolu teklifini kabul ettim ve kendisine çok teşekkür ettim. O da, tayfaları gönderip, aşağıdaki denklerden birini güverteye çıkarmalarını söyledi. Bu emir üzerine, bir iki dakika sonra, denk geldi. Kaptanın yanındaki gümrük kâtibi sordu:

"Efendim, bu malları kimin adına kaydedeyim?"

Kaptan:

"Dengin üst yüzünü çevirin, orada sahibinin adı ve adresi yazıyor... İşte, Bağdadlı tacir Sinbad. Bunun adına yaz."

Ben, şaşkınlıktan donakalmış, ağzımı açamıyordum. Satmam için bana emanet edilmek üzere olan malların asıl sahibi, deftere adı yazılacak olan Bağdadlı tacir Sinbad zaten ben değil miyim? Şaşkınlıktan bir süre dilimi yutmuş gibi kaldıktan sonra, nihayet ağzımı açıp, kaptana, bu malların kayıp sahibi, Bağdadlı tacir Sinbad'ın ben olduğumu söyleyebildim. Tabii, önce inanmak istemedi ve bu söylediğimi isbat etmemi istedi. Ben de, diğerlerinin de ismini bildiğimi, aşağıda anbarda, falan filan isimlere ait de denklerin olması lâzım geldiğini söyledim. Hep beraber anbara indik ve yukarıda verdiğim isimlere ait denklerin olduğunu gördük. Bunun üzerine kaptan şunları söyledi:

"İşte şu paralar da, uğradığımız limanlarda senin mallarının ticaretinden olan kârdır. Allah'ın ne mübarek kuluymuşsun ki, şansın bu kadar yaver gitmiş! O yüce Yaradan'a ne kadar şükretsek azdır. Onun hikmetine biz kulların kısa görüşü yetişemez. Senin maceranа bundan sonra, bu malları görmeden duyacak olan kişiler inanamıyacaklardır."

Selâhad adasında bu harikuladeliği yaşamış olmanın verdiği keyifle, ticaretimizi de yaptıktan sonra, diğer tacirlerin gemiye toplanmasıyla denize açıldık. Uğradığımız ada ve limanlardan çok nadide karanfil, karabiber, zencefil, tarçın ve benzeri çok çeşitli baharat aldım.

Basra'dan Bağdad'a gelene kadar servetimin ne kadar olduğunu anlamağa çalıştıysam da, saya saya bitirmem mümkün olmadı. Bağdad'da bu servetin kırkta birini dağıtacak fakir bulmak ayrıca benim için bir dert oldu. Hiç yok değil ama, kırkta birin hepsini dağıtabileceğim kadar bulmak kolay değildi. Sonunda, ne zaman olursa olsun, yolda kalmışların yol parası ve deve, at gibi şeyler isteyebilecekleri, herkesin her istediği saatte gelip karnını doyurup, evine de yemek götürebileceği bir vakıf kurdum. Ancak böylece, servetimin sadece kırkta birini elden çıkartabildim.

Bir süre dinlendikten sonra, kurduğum vakıftan yararlananların, hiç istemediğim halde her gün teşekkür etmelerine dayanamadım ve ticaret için de olsa, Bağdad'dan ayrılmağa karar verdim. Böylece dördüncü maceram başladı. Ama, tabii şimdi değil, yarın başlıyor...

*

Sinbad böyle söyleyip, yarın görüşmek üzere misafirleriyle vedalaştı, hepsini tek tek uğurladı.

SİNBAD'IN DÖRDÜNCÜ MACERASI

Bu sefer, Bağdad'da birçok mal topladıktan sonra İran'ın kuzeyine doğru gidip kıymetli ipek kumaşlardan almayı düşündüm. Oralarda, Bağdad'dan getirdiğim malları kolayca sattıktan sonra, gayet göz alıcı renklerde, pırıl pırıl ipekli kumaşlar ve o yörelerde çıkartılan kıymetli taşlarla işlenmiş süs eşyası aldıktan sonra güneye yöneldim.

Güney İran'da, Hürmüz Boğazı civarında bir limandan, bir gemiye binerek Umman Denizi'ne açıldım. Güneye, Afrika kıyılarına çıkmak üzere, günlerce gittik. Bir gece, fırtınaya yakalanan gemi, kayalara çarparak parçalanıp battı. Ben ve beş-on kadar tacir, kalaslara yapışarak suyun üstünde kalmayı başardık. Sabah olup ortalık aydınlanınca gördük ki tutunduğumuz kalaslar, akıntıda sürüklenerek bizi bir adaya doğru yaklaştırıyor. Adaya çıkınca, bir süre yatıp dinlendikten sonra, bir gündür gırtlağımızdan bir şey geçmemiş olduğundan, yiyecek birşeyler bulmak için adanın içlerine doğru yürüdük. Ancak burası, meyva ağacı bakımından son derece fakir bir ada olmalıydı. Bir şey bulamadık ve mecburen, tadı acı olmayan bazı bitkilerden, ölmeyecek kadar, yedik. Sonra, tekrar adayı gezmeğe devam ettik. Adanın daha içlerinde, bazı barakalardan oluşan bir yerleşim alanı gözümüze çarptı. Yavaş yavaş yaklaşınca, bu dallardan yapılma barakaların arasında siyah derili, ufak tefek insana benzeyen, yarı çıplak yaratıkların gezindiğini farkettik. Başka çaremiz olmadığı için, çekinerek de olsa bunlara yaklaşmağa karar verdik. Biz yaklaşınca, etrafımızı sardılar ve barakaların ortasındaki alana götürdüler. Dillerini anlayamıyorduk ama, bize karşı olan hareketlerinde bir sertlik yoktu. Orada hemen sofralar kurulmağa başlayınca, bunların ne kadar misafirperver olduğunu düşünüp, takdir ettik. Getirilen, çorbaya benzer bir şeydi. Arkadaşlarım, çok aç olduklarından, nefes bile almaksızın önlerindeki dolu tasları bir hamlede bitiriverdiler. Ama ben, kokusu hiç hoşuma gitmemiş olan bu sıvıdan, doğru dürüst tadamadım bile. İyi ki de tadamamışım. Arkadaşlarım, ondan sonra, durmadan getirilen yiyecekleri, nedense doymuyormuş gibi, saatlerce yemeğe devam ettiler. Bir insan midesinin bu kadar yemeği alabileceğini, gözümle görmesem asla inanamazdım. Sonraki yemeklerden aldığım birkaç yudumu da, ilk önce gelen çorbamsı şeyden midem bulandığı için, kusmuştum. Bir daha da pek bir şey yiyemedim. Arkadaşlarım, bu siyah derili küçük insanların durmadan ikramına uğruyor, belki günde on öğün yemek yiyiyordu. Ben yemediğim için, pek muteber bir misafir sayılmadığımdan, kimse benden yana dönüp bakmıyordu bile. O arada, bir gün, en fazla semirip şişmanlamış olan arkadaşlarımdan birini kesip pişiren bu insansılar, kendilerine eğlenceler arasında bir ziyafet çektiler ve o gün sanki bayram ettiler. Devrisi günlerde de, sırayla hepsini kesip pişirdiler ve böylece bayramları bir hafta kadar devam etmiş oldu. Ondan sonra, pek zayıf olduğum için ilgiye değer bulunmayan ben, iyice unutuldum. Bu bir haftalık hareketli ziyafetten sonra, bu insansılar iyice uyuştular ve günün çoğu saatini uyumakla geçirmeğe başladılar. Ben de, hepsinin uykuda olduğu bir saatte, gezine gezine barakalardan uzaklaştım ve hemen koşmağa başladım. Ayaklarımda derman kalmayıncaya kadar koştuktan sonra, artık kurtulmuş olduğuma kanaat getirip durdum ve bir ağaç altında dinlendim. Dinlenme sırasında, rüzgâr esmeğe başlayınca, dalga sesi duyar gibi oldum. Demek ki sahile gelmiştim. Tekrar kalkıp biraz yürüyünce denizi gördüm. Ama, gördüğüm sadece deniz değildi. Sahile yakın ekili bir arazide, büyüklüğü benim kadar olan insanlar vardı. Bunlar eğilip, bir şeyler topluyorlardı. Yeterince yaklaşınca, giyimlerinin de benim alıştığım gibi olduğunu ve biber topladıklarını farkettim. İçim ferahlamış olarak yanlarına yaklaştım ve selâm verdim. Selâmımı aldılar. Demek benim dilimden anlıyorlardı. Gerçekten de öyleydi. Konuşmağa başladık. Benim perişan halimi görünce, toplandılar ve bana sorular sormağa başladılar. Ben de başımdan geçenleri anlattım. Bana pek acıdılar ve yiyecek verdiler. Ben karnımı doyururken, onlar da işlerinin başına döndüler. Yeterince biber topladıktan sonra, beni de yanlarına alarak, kıyıya bağlı olan, yük taşımağa uygun büyükçe kayıklarına bindiler. Onların yaşadıkları adaya doğru yol almağa başladık. Buraya, başka bir adadan gelip, ihtiyaç duydukları şeyleri topladıktan sonra dönüyorlarmış.

Bu adamların yaşadığı adaya gittik; beni doğruca başkana götürdüler. Başkan, benim başımdan geçenleri sabırla dinledi. Hem şaşırmış, hem de duygulanmıştı. Bana güzel elbiseler verilmesini ve iyi bakılmamı söyledi. Dedikleri hemen yapıldı. Kendimi toparladım ve sonraki günlerde bu adanın başkanıyla dostluğumuz ilerledi.

Kısa zamanda en yakın dostları arasına katılınca, başkan, adada yaşamamı sağlamak için beni evlendirmeğe karar verdi. Aramızdaki dostluk o dereceydi ki, onu kırmam hemen hemen imkânsızdı. Zaten bu ada da, gayet mamur, zengin, güzel evlerle dolu, iyi insanların yaşadığı bir yerdi. Memleketime dönme fırsatı çıkana kadar burada yaşamak hiç de fena bir şey sayılmayacaktı.

Adanın en soylu ailelerinden birinin, güzel ve zengin bir kızıyla beni evlendirdiler. Çok rahat bir ev de verdiler. Bu rahat evde, güzel hanımımla huzur içinde yaşamağa başladım. Karımı çok seviyordum ve bir gün memleketime dönme imkânı çıkarsa, onu da götürmeğe niyet etmiştim. Ama, insan geleceğin kendisine ne gibi şeyler getireceğinden haberdar değil ve bu yüzden böyle tatlı hayaller kurabiliyor.

Günlerden bir gün, çok iyi anlaştığımız komşulardan birinin karısı, birkaç gün süren hastalığından sonra öldü. Bunu duyunca, hemen o eve gidip, başsağlığı diledikten sonra, teselli etmeğe çalıştım:

"Kendini bu kadar perişan etme dostum. Allah sana uzun ömür nasip etsin. Allah büyüktür. Ola ki bundan sonra da hayırlı ve hoş bir hanım verir sana."

Zavallı komşum, bu sözlerim üzerine, daha kederli ve biraz şaşkın bir sesle şöyle dedi:

"Ey dostum, bu ne sözdür! Benim karımdan daha hayırlı ve iyi bir hanım olamaz. Olsa da bu benim nasibim değildir. Çünkü, bugün benim de son günüm. Yarından sonra ben bu dünyada olmayacağım ki..."

Bu sefer şaşkınlık sırası bendeydi. Sordum:

"Nedenmiş o? Yarın öleceğini nereden biliyorsun!?"

"Çünkü, bizim burada, eşlerden biri ölünce, diğeri de onunla birlikte defnedilir. Bu, atalarımızın kurduğu bir âdettir ve halen devam etmektedir. Böylece bizde eşler, bu dünyada olduğu gibi, öte dünyada da birbirinden ayrılmamış olur."

Kendi halim aklıma gelince, birden kafam karıştı ve adeta panik içinde, adamcağızın lafını keserek sordum:

"Peki, benim gibi buraya sonradan gelip evlenmiş biri için de bu geçerli midir? Şimdi karım benden önce ölecek olsa, beni de onunla defnedecekler midir?..."

"Elbette. Sonradan gelip evlenmiş olmak bir şeyi değiştirmez. Burada yaşayan herkese bu kural uygulanır. Çünkü sen de bizim adamızdaki bir eşsin."

Orada kapıldığım korkuyu belli etmemeğe çalıştımsa da, komşumuzun yanından ayrıldıktan sonra, kimsesiz, gözlerden uzak bir yere çekilerek düşünmeğe başladım. Demek karım benden önce ölürse... Bu arzu edilmesi mümkün olmayan bir şeydi ama, buradan beni daha önce gelip kurtaracak gemi olmadıkça, bu adada yaşamağa mecburdum ve bundan dolayı, Allah'ın takdirine boyun eğmekten başka çarem

yoktu. Üstelik hem, karım benden çok daha genç olduğuna göre, benim önce ölmem akla daha yakın geliyordu. Ama ecel bu, çoluk çocuk farketmiyordu. Allah'a tevekkül etmeğe karar vererek evimize döndüm.

O günden sonra karımın üzerine, en ufak bir rahatsızlığında bile titremeğe başladım. Ona, normalin üstünde iyi davranıyor, sağlığını ondan daha çok düşünüyordum. Tabii bunu, onu her geçen gün daha çok sevdiğimden yaptığımı zannediyordu zavallı ve bundan çok mutlu oluyordu. Ben de onun bu inancını kuvvetlendirmek için elimden geleni ardıma koymuyordum.

Ertesi gün, komşumuzun cenazesini kaldırmak üzere, evine insanlar toplanmağa başladı. Başkan da gelmişti. Ölen kadını, evlenirken giydiği en güzel giysilerini giydirip süslediler ve üstü açık bir tabuta koyarak, en önde başkan olmak üzere, bir tepenin üzerine götürdüler. Tabut, büyük bir taşla ağzı kapalı olan bir kuyudan sarkıtıldıktan sonra, sıra kocasına gelmişti. O da akrabası ve yakınlarıyla sarılıp vedalaştıktan sonra, birlikte getirilen öbür tabuta yattı. Yanına bir ibrik su ile, yedi tane ufak somun ekmek konmuştu. Onu da aynı kuyunun dibine sarkıttıktan sonra, kuyunun ağzı, büyük kayayla tekrar kapatıldı.

Ben, her ne kadar karımın üzerine titriyor, her an her türlü ihtimamı gösteriyor idiysem de, bir gün rahatsızlandı. Çok önemsiz bir rahatsızlık olmasına rağmen, onu iyileştirmek için evden çıkmıyor, hiçbir işe el sürdürtmüyordum. O ise, rahatsızlığının hemen geçeceğini, keyfime bakmamı söylüyordu. Görünüş gerçekten de böyle olmasına rağmen, devrisi gün yataktan kalkamadı. Zavallı karım birkaç gün sonra da ölmesin mi! İşte o zaman kendimi pek zavallı hissettim. Biliyordum ki bu, benim de ölümüm demekti. Çünkü, daha önce komşumuzu sarkıttıkları o kuyudan çıkıp kurtulmanın imkânı olamazdı.

Diri diri gömülmektense, neredeyse yamyamlar tarafından yenmeyi tercih edecek hale gelmişken, ada halkı beni teskin ve teselli etmek için eve doluşmağa başladı. Beni çok seven başkan da gelenler arasındaydı. Çaresiz, elsiz, ayaksız ve dilsiz bir koyun gibi başıma gelecek olanı bekliyordum. Akrabaları gelip karımı süslediler ve tabuta koydular. Merasim başlamıştı. Benim içine diri diri yatacağım tabut da beraberimizde olarak, tepeye doğru yol almağa başladık. Yolda başkan benimle yürüyor ve durmadan teselli edici bir şeyler söylemeğe çalışıyordu. Ama diri diri gömülmeğe gidiyorken onu duyabilen kim!...

Karımı kuyuya indirip sıra bana gelince, artık ne yaptığımı bile anlamaycak derecede korku içinde, dehşetle bağırmağa başladım: Ben sizden biri değilim! Bunu bana yapamazsınız! Memleketimde beni bekleyen eşim-dostum var!... gibi. Ama benim yalvarma ve yakınmalarıma aldırmadıkları gibi, ellerini daha da çabuk tutmalarını sağlamaktan başka bir işe yaramadı bu hareketim. Alelacele beni tabuta yatırıp yanıma bir testi su ve yedi somun koyduktan sonra, kuyunun dibine sarkıttılar. Sonra, ipleri tabuttan boşandırmam için bana seslendiler; ama bunu yapmadığım gibi, tersine ipe asılmağa başladım. Bu sefer ipi bırakıp, kuyunun ağzını kapattılar. Işık da kaybolduktan sonra, çılğınlığım iyice arttı. Kalan son kuvvet kırıntım da yok oldu ve kendimden geçmiş olarak bir kenara yığılıp kaldım.

Ömrüm daha varmış ki, ne kadar zaman sonra bilmem, kendime geldim. Kendime gelir gelmez ilk farkettiğim şey, genzimi yakan çürümüş et kokusu oldu. Yanımdaki su ve ekmekleri alıp, oradan uzaklaştım. Burası oldukça geniş bir yere benziyordu. Mümkün olduğunca uzak bir köşeye gidip oturdum. Ne yapacağımı düşünmeğe başladım. Su ve ekmeği, yaşamama yetecek kadar, azar azar kullanmalıydım. Durumum ümitsiz görünüyordu ama, çıkmamış candan ümit kesilmez, diye düşünüyordum.

Ne kadar idareli kullansam da, sonunda suyum ve ekmeklerim bitme durumuna geldi. Bir yudum suyum ve birkaç lokma ekmeğim kalmıştı. Bu arada kaç gün geçtiğini bilmiyordum. Çünkü bu karanlıkta gündüz ve gece belli değildi. Birden aklıma, yeni su ve ekmek bulabileceğim geldi. Bunu nasıl daha önce düşünemediğime şaşırmadım desem yalan olur. Madem ki her ölünün yanındaki canlı için su ve ekmek konuyor... Kokuya falan aldırmadan, kuyu ağzının altına gittim. Beklemeğe başladım. Ne kadar bekledim bilmem ama, sonunda yukarıdan ışık göründü. İşte benim nevalem geliyordu. Önce kapalı tabut sarkıtılıp bırakıldı. Ardında, açık olarak öbürü. Kuyunun ağzı kapatılıp, bulunduğum yer kararınca, üzeri açık olan tabutun üzerine eğilip yokladım. Bu bir kadındı. Dürteledim. Herhangi bir kımıltı yoktu. Acaba korkudan bayılmış mı, yoksa ölmüş müydü? O kadar uğraşmama rağmen bir hareket olmayınca, kadının da ölmüş olduğuna karar verdim ve yanındaki su testisi ile yedi somun ekmeği aldım. Tekrar eski yerime, uzaktaki köşeme döndüm. Suyumun ve ekmeğimin tazelenip çoğalması, bende yaşama hırsıyla birlikte, merak da uyandırmıştı. Karnımı doyurduktan sonra, etrafı iyice bir kolaçan edeyim dedim ve başladım oraya buraya gidip, el yordamıyla araştırmağa. Bir yere gitmiştim ki, bir hışırtı ve sürüne sürüne uzaklaşan bir ayak sesi duyar gibi oldum. İyice yaklaşıp, el yordamıyla da araştırınca, ancak bir hayvanın geçebileceği kadar bir aralık buldum yerde. Buradan, biraz önce bir hayvanın uzaklaştığından kuşkum kalmamıştı. Hemen yüzükoyun yatıp, sürüne sürüne bu aralıktan geçtim. Biraz önce kaçan hayvan ileride durmuş bakıyordu. Çünkü, zayıf da olsa bir ışık sızıntısı vardı ve bu yüzden hayvanı görebilmiştim. O da, beni görünce, arkasını dönüp uzaklaşmağa başladı. Hemen peşine takıldım. Epey gittikten sonra, açık araziye çıktım. Demek ki canavar hayvanlar bu mağarayı bulmuş, buradan girerek, taze ölülerin etlerini yiyiyorlarmış. Tekrar geri dönüp ayakkabılarımı ayağıma geçirdim. Uzaklaşmak üzereyken, aklıma geldi. Yolculuk yaparken para gerekirdi. Bunu da, ölenleri aşağı bırakırken en değerli şeylerini takıp takıştırdıklarına göre, ölülerden sağlayabilirdim. Gidip, ceplerimi cesetlerdeki mücehverlerle doldurdum. Ekmek ve su da almayı unutmadan, dışarı çıktım. Birkaç saat yürüdükten sonra, sahile ulaştım. Buradan geçecek bir gemiye el sallamak üzere beklemeğe başladım. Bir gemi geçer veya geçmez, bunu bilmiyordum tabii ama, yapacak başka bir şey yoktu ki... Günler geçip ekmek ve suyum bitince, çaresiz, tekrar ölüler mağarasına gitmem gerekti. Yine ceplerimi mücevherle doldurdum ve bununla yetinmeyip, bir bez parçasından torba yaparak, onu da doldurdum ve ekmek, su alarak çıkıp sahile gittim. Karnımı doyurduktan sonra, duramadım ve tekrar mağaraya dönerek, ne kadar mücevherat türü şey varsa toplayıp döndüm. Bir çuval dolusu mücevherim olmuştu. Ekmek ve su dedim de zaten yok gibiydi. Zaman zaman ümit, zaman zaman da ümitsizlik içinde beklemeğe devam ediyordum.

En sonunda Allah'ın merhametine nail oldum. Ümitsizce, sahilde güneşin yakıcılığına aldırmadan dolaşıyorken, denizin üzerinde, çok uzakta, ufacık bir leke belirdi. Hemen sevinçle zıplamağa başladım. Coşkuyla da dua ediyordum. Allahım, ne olur bu bir gemi olsun ve bu sahilin yakınından geçsin ve beni görsünler!... Böyle binlerce kez duamı tekrar ettim. Gelen gerçekten bir gemiydi ve yeterince yaklaştığına kanaat getirince, önceden binlerce kez tasarladığım ve hayal ettiğim gibi, hazır olan uzun sırığın ucuna, çoktan çözdüğüm beyaz sarığımı bağlayıp sallamağa başladım. İnşaallah gemidekiler beni görürlerdi. Duyulmayacağını bildiğim halde, bir yandan da avazım çıktığı kadar bağırıyordum. Bütün çaba ve çırpınmalarım, çok şükür boşa çıkmadı ve beni gördüler. Gemi burnunu adaya çevirip yaklaşmağa başladı. Yeterince yaklaşınca, bir filikayla bir tayfayı gönderdiler. Eşyalarımı da filikaya taşıdık ve birlikte gemiye döndük.

Gemiye varınca, hemen güvertenin tahtalarına kapanıp öptüm ve beni ölümle burun buruna gelmişken kurtaran Allah'a sonsuz şükürlerimi sundum, dua ettim. Sonra da kaptan ve adamlarına, bir tacir olduğumu ve gemimiz batınca, yanımdaki şu mallarla birlikte, bir tahta yığını üzerinde bu adaya sürüklendiğimi söyledim. Çuvalın içinden bir avuç mücevher çıkarıp kaptana uzattım ve ona:

"Kaptan, sen benim hayatımın kurtarılmasına sebep oldun; al bunları yol ücretim olarak kabul et ve güle güle harca..." dedimse de kabul ettiremedim. Bana dediği şuydu:

"Efendi, bir garip kazazedenin parasını alamam. Biz seni Allah için gemimize aldık ve eğer paran ve giyeceğin olmasaydı, sana bunları da verir ve memleketine, eşine dostuna kavuşman için elimizden gelen yardımı yapardık."

Ben kendisine teşekkür etmekle yetinmek zorunda kaldım.

Yolda birçok adaya uğradık. Uğradığımız bu adalarda ve liman şehirlerinde yine ticaretle meşgul oldum ve servetimi daha artırmış olarak Basra'ya vardım. Burada, beni kurtaran gemidekilerle vedalaştım ve kara yoluyla Bağdad'a doğru yolculuğa devam ettim. Sonunda sağ ve sağlıklı olarak Bağdad'a girdiğimde, mutluluktan uçuyordum. Fakir fukaradan kime rastladımsa, avuç avuç altın dağıttım. Yıkık dökük cami, mescid, medrese gibi binaları tamir ettirdim. Beni sağ sâlim evime ulaştıran Allah'a teşekkür etmek istiyordum.

Bağdad'da huzur içinde günler geçirmeğe başladım. Bu kadar macera, böylesine ölümü bana yaklaştıran tehlikeden sonra, artık seyahata çıkmayı canım istemiyordu. Günlerim, eş-dost ile muhabbet ve ziyafetlerle, hayır işleriyle geçiyordu. Dünyanın en mutlu insanı herhalde ben olmalıydım...

*

Denizler taciri Sinbad, sözlerini böylece bitirdi. Çünkü gece hayli ilerlemişti. Birlikte yatsı namazını kıldıktan sonra, misafirler yarım akşam üzeri yeniden biraraya gelmek üzere, sözleşerek ayrıldılar.

SİNBAD'IN BEŞİNCİ MACERASI

Bağdad'daki huzurlu yıllar, bana bütün çektiklerimi ve de bundan sonra maceralı yolculuk yapmama kararımı unutturmuştu. Ancak, yine de, başkalarının yönetimi altında seyahata çıkmak istemiyordum. Bu yüzden, kendi adıma bir gemi yaptırmağa karar verdim. Kalkıp Basra'ya gittim ve tersanenin biriyle anlaşıp bir gemi ısmarladım. Bağdad'a dönüp hazırlıklarımı tamamladığımda, geminin hazır olduğu haberini de aldım. Bağdadlı birkaç güvendiğim tüccar arkadaşla birlikte yola koyulduk. Basra'da bize katılan diğer tüccar arkadaşlarla gemiye yerleştik ve denize açıldık. Güle oynaya, gönlümüzce, günlerce epey yol aldık. Bu uzun yolculuktan sonra ilk uğradığımız ıssız bir adada, bir zümrüdüanka yumurtası bulduk. Bu yumurtanın büyüklüğünden, daha önceki maceralarımı anlatırken söz etmiştim. Yani, adeta bir kubbe gibiydi. Biz bu yumurtayla karşılaştığımızda, yumurtanın kabuğunu kırmağa çalışan bir gaga ucu belirmişti.

Arkadaşlar, hemen ellerine balta ve benzeri şeyler alıp yumurtanın etrafına toplanmağa başladılar. Niyetlerini anlayınca, yapmayın etmeyin demeğe başladım. Ama onlar beni dinlemeyip, yumurtayı parçaladılar. Bu arada yavru zümrüdüankayı da parça parça çıkardılar. Sonra da kuşu kızartıp sofraya getirdiler. Onlar bu yemeği henüz bitirmemişlerdi ki, gökyüzünde iki siyah bulut belirdi. Basralı tecrübeli kaptanımız, bunların yavru ankanın anasıyla babası olduğunu söyledi. Başımıza gelecek felaketin büyüklüğünü haber vererek, hemen, en kısa zamanda gemiye dönmemiz gerektiğini haykırdı. Bizdeki telaş ve korku görülmeğe değerdi doğrusu. Denizcilik tarihinde, bir kafilenin bu kadar çabuk gemiye dönmesine ve bu kadar çabuk yelken açmasına rastlanılmamıştır herhalde.

Denizin ortasında bir taraftan hızla uzaklaşmaya çalışırken, bir taraftan da, heyecanla iki zümrüdüankanın hareketlerini gözlemeğe çalışıyorduk. İki kocaman kuş yumurtanın olduğu yere konunca, parçalarla karşılaştılar ve yavruyu göremediler. Bunun üzerine, çılgın sesler çıkararak havalandılar. Birde baktık ki, ikisinin de pençesinde, neredeyse birer ev büyüklüğünde kayalar vardı. Bize doğru uçmağa başlayınca niyetlerini anladık ve bu sefer çılgınlar gibi bağrışmak sırası bize gelmişti. Ankalardan biri gemimizin tam üstüne gelince, pençesindeki koskocaman kayayı bıraktı. Kaya hızla üzerimize düşüyordu ki, dümencimizin kıvrak bir manevrasıyla bundan kılpayı kurtulmayı başardık. Kaya, büyük bir gürültüyle, yakınımızda denizi yararak düştü. Öyle bir düşüş ki, hayretle açılmış gözlerimiz denizin ta dibini gördü. Bundan kurtulmuştuk ama, öbür kuşun bıraktığı kaya da tam üzerimize geliyordu ve bundan kurtulmağa vakit yoktu. Kaya geminin tam ortasına düşünce büyük bir çatırtı koptu ve herşey bin parçaya bölünerek denizin dibini boyladı. Tabii ben de birlikte. Herşey öylesine bir anda olmuştu ki, denizin dibinden üste nasıl çıktığımı bilemiyorum. Gözlerim güneş ışığıyla karşılaşınca, yakınımda büyükçe bir tahta parçası gördüm ve hemen uzanıp tutundum. Etrafıma bakındım, benden başka yaşayan insan göremedim. Çok geniş alana yayılmış enkaz parçalarından başka bir şey görünmüyordu. Artık yapacak bir şey kalmamıştı. Kendimi, tahta parçasına tutunmuş olarak akıntıya bıraktım. Ne kadar şanslı olduğumu düşünüp, Allah'a şükrediyordum. Şansım bana yardım etmeğe devam etti ve üç-beş saat sonra bir adaya sürüklendim. Bu adaya çıkınca, tatlı su ve bol meyva ağacıyla karşılaştım. Karnımı iyice doyurup, kana kana da tatlı su içip iyice kendime geldim. Akşam olunca da, kendime ottan bir yatak yapıp kuytu bir köşeye yattım ve gündüz geçirdiğim o heyecan dolu yorgunluktan sonra hemen uyudum.

Sabah iyice dinlenmiş olarak uyandım. Tekrar karnımı doyurup suyumu içtikten sonra, merak edip adanın içlerine doğru geziye çıktım. İçerilere girmiştim ki, bir yerde, ihtiyar bir adama rastladım. Oldukça bitkin görünüyordu. Karşıdan, onu, benimle birlikte kazaya uğrayan arkadaşlardan biri sanmıştım ama, yanına yaklaşınca bir yabancı olduğunu anladım. Beni duyacak kadar yaklaştıktan sonra onu selamladım. Sadece başını eğerek karşılık verdi. Burada böyle ne yaptığını sorunca, cevap yerine,

işaretlerle, kendisini omuzuma alıp, önümüzdeki dereden geçirmemi anlatmağa çalıştı. Bundan, derenin öte tarafında meyva toplamak istediğini de anlamış oldum. Yere eğilip omzumun üzerine binmesine yardım ettim ve derenin öbür tarafına onu geçirdim. Sonra, yere inmesini söyledim ama, o ineceğine, iki bacağıyla boğazımı iyice sıktı. Farkettiğim kadarıyla, ayak derisi bir hayvanınkine benziyordu. Nefes alamayacak hale gelmiştim. Şaşkınlık içinde bayılmışım.

Ayıldığımda, ihtiyarın, bacaklarını ancak nefes alacağım kadar gevşetmiş, ama omuzumdan inmemiş olduğunu farkettim. Benimle birlikte yere uzanmıştı. Ayıldığımı anlayınca, kalkmam için böğrümü yumruklamaya başladı. Mecburen kalkıp istediği yönlerde yürümeğe başladım. Dalları meyva dolu bir ağacın altına varınca beni durduruyor ve karnını doyuruyordu. Bu iş günlerce sürdü. Geceleri de boğazımdan ayaklarını çözmüyor ve benimle birlikte yere uzanıyordu. Sabahları da, uyanmak için böğrüme yumrukları yiyiyordum. Ah ne kadar güç günlerdi o günler!...

Artık sabrım kalmamıştı. Belki beni boğup öldürebilirdi ama, artık dayanacak gücüm kalmamış ve her şeyi göze almıştım. Yine bir meyva ağacının dalları altında beni durdurmuş, tıkınmağa başlamıştı. Tam ağzının dolu ve iyice keyifli olduğu bir anı seçtim ve vargücümle koşarak ağacın gövdesine kafası gelecek şekilde onu çarpmağa başladım. Hemen boğazımı sıkmaya başlamıştı. Ama ben de daha önce derin bir nefes almıştım ve dayanıyordum. Delirmiş gibi onu ağacın gövdesine çarptırıyordum. Sonunda nefesim kesildiği için bayılmışım. Ayılınca baktım, ağacın altında, her yanı kan içinde kalmış olarak yatıyordu. Benim de üstüm başım kan olmuştu. Yanına yaklaştım. Herhangi bir hareket yoktu. Belki bayılmış, büyük bir ihtimalle de ölmüştü. Ama öldüğünden iyice emin olmak için, kaldırabildiğim kadar büyük bir kaya bulup, büyük bir öfkeyle kafasını ezdim!

Ferahlamış olarak deniz kıyısına yürüdüm. Kıyıda bir gemi demirlemişti ve denizciler, gemilerine su ve meyva türü yiyecek almak üzere adaya çıkmışlardı. Beni üstüm başım kan içinde görünce, merakla yanıma yaklaşıp ne olduğunu sordular. Başımdan geçenleri kısaca anlattım. Onların dediğine göre bu acaib adam, deniz ihtiyarıymış. Şimdiye kadar boğulmadan elinden kurtulan ilk insan ben olmuşum. Bu ada, onun boğarak öldürdüğü insanların çokluğuyla tanınıyormuş. Bu yüzden, buraya ihtiyaç temini için uğrayan gemiciler, adanın içlerine doğru yalnız başlarına değil, ancak kalabalık gruplar halinde gidebiliyorlarmış.

Bu gemiye bindim. Bir süre denizde yol aldıktan sonra, Komari adasına vardık. Burası incisiyle meşhurdur. Adada çalışıp biriktirdiğim parayla dalgıçlar tuttum ve kendi adıma inci toplattım. Sonra bir gemiye binip Basra'ya geldim ve tabii oradan da Bağdad'a. Bağdad'da, getirdiğim ve burada o zamana kadar görülmemiş irilikteki incileri satıp iyi para kazandım. Kazancımın onda birini, her zamanki gibi sadaka ve hayır işlerine harcadım. Ve Bağdad'ın sayfiyelerinde dinlenmeğe çekildim.

SİNBAD'IN ALTINCI MACERASI

Sinbad, toplanıp, neşeyle karınlarını doyurduktan sonra etrafını sarıp kendisine bakmağa başlayan dostlarına gülümsedi.

Biliyorum, hepiniz benim anlatmağa başlamamı bekliyorsunuz. Kimsenin başka bir ihtiyacı ve isteyeceği şeyi kalmamışsa, birlikte hayal alemindeki maceramıza çıkabiliriz...

Beşinci seyahatimin üzerinden herhalde iki veya üç yıl geçmişti. Ben rahat içinde yaşıyor, en çok, eski dostlarla heyecan dolu hatıraları anmaktan hoşlanıyordum. Meğer bu hoşlanmanın beraberinde özlem de varmış. Bunu, bir gece, öteki seyahatlerimde birlikte olduğumuz birkaç tacir arkadaşla bir araya gelip, uzun uzun eski maceralarımızdan söz ettiğimiz gece açıkça anladım. Sabah olup bu eski dostları uğurlarken, dayanamayıp baklayı ağzımdan çıkardım. Onlara, var mısınız bir deniz seyahatine, diye bir teklifte bulundum. Ama kabul eden çıkmadı. Hepsinin keyfi yerinde, hepsi rahat bir hayat sürüyormuş. Bu teklifim her ne kadar onları da biraz heyecanlandırmış gibi olduysa da, harekete geçirmeğe yetmedi. Fakat benim içimdeki macera ateşi sönecek gibi değildi. Karar verdim, tek başıma bir seyahata atılacaktım.

Bir hafta on gün içinde hazırlığımı tamam edip, kara yoluyla İran'a doğru yola çıktım. Kıyı boyunca doğuya ilerlemeğe başladım. Rastgeldiğim şehirlerde biraz durup mal satıyor ve alıyordum. Bu arada dikkatimi çeken şey, nedense hep kıyı boyunu takip ediyordum. Denize karşı bir zaafiyetim vardı. Nitekim çok sürmedi, daha İran toprağından çıkmaya kalmadan, bir liman şehrinde rastladığım maceraperest bir kaptana uyup denize açıldım. Burası Hindistan'a yakın bir liman şehriydi ve kaptanın amacı, o güne kadar gittiği bütün adalardan daha ötelere bir deniz yolculuğu yapmaktı. Benim maceraperestliğim ondan az mıydı sanki!.. İşte altıncı maceraya atılışım böyle oldu.

Kaptanın daha önce gittiği en son ada geride kalalı günler, belki haftalar olmuştu. Görünürde bir ada, bir kıyı yoktu. Zaman zaman canımız sıkılınca, hemen gemide bir eğlence tertipleyip, sıkıntımızı dağıtmağa çalışıyorduk.

Sakin ve güneşli bir gündü. Kendi halinde giden gemimiz birdenbire öyle hızlı gitmeğe başladı ki, güvertedeki insanlardan bir yere tu tunamayanlar yere yıkıldığı gibi, ortadaki eşyaların hepsi de yuvarlandı. Kimse ne olduğunu anlamamıştı. Kaptan, benzi sapsarı olarak geldi ve bize şunları söyledi:

"Arkadaşlar, inanmadığım bir şey meğer gerçekmiş. Yıllar önce, açık denizde bir akıntı olduğunu ve buna yakalanan gemilerin , dağlık bir adaya çarpıp parçalanmaktan başka bir şansının kalmadığını duymuştum. Ama o akıntının aylar süren bir yolculuktan sonra ulaşılabilecek bir yerde olduğunu söylemişlerdi. Kaç ay olduğu ise ya söylenmemişti veya ben duyamamışım. Biz yola çıkalı ikibuçuk ay oldu. Belki durmadan yol aldığımız için, bu kadar zamanda alınması tahmin edilenin daha fazlası bir mesafe almış olabiliriz. Her neyse ama bu acımasız akıntıya yakalandığımız ve hiçbir şansımızın olmadığı kesin. Birbirimizle vedalaşmaktan başka yapacak bir şey yoktur".

Kaptanın bu sözünden sonra, titreşerek birbirimizle vedalaşmağa başladık.

Aradan yarım saat mı bir saat mı geçtiğini o telaşede kestirmek mümkün olmadı; yüksek dağlarla kaplı bir ada göründü. Gemimiz hızla bu adaya doğru yaklaşıyordu.

Adaya öyle bir şiddetli bindirdik ki, tek tek tahtalarına ayrılan gemiden başka, biz insanlar da aynen tahta parçaları gibi oraya buraya savrulup saçıldık. Yolculardan kimisi adayı dolaşan akıntıya kapılıp yok oldu, kimisi de büyükçe kalaslara tutunup sahile çıkmağa muvaffak oldu. Ben de adaya çıkabilenlerdendim. Sahile vuran mallarımdan bir kısımını da kurtarabilmiştim.

Nihayet, birlikte oturup konuştuk ve önce adayı tanımamamız gerektiğine karar verdik. Adanın etrafı yüzlerce, belki binlerce geminin parçalarıyla doluydu. Bu parçalar arasında da insan kemikleri. Yalnız en fazla garibimize giden, her yerde nehirlerin karadan denize dökülmesine karşılık, burada, denizden karaya bir su yolu vardı ve sular adadaki dağların altındaki mağaralara doğru akıp kayboluyordu. Adanın gezilecek fazla bir yeri yoktu. Herşeyi içine hortum gibi çeken mağara nehirlerine giremezdik. Önümüzde dikilen dağ da öyle dik ve yüksekti ki, tepesine kuşlardan başka bir canlı çıkmamıştır herhalde. Bu sefer çok fena sıkışmıştık. Öylece, ne yapacağını, ne olacağını bilemez bir halde, bekleyecektik.

Günler geçiyor, yiyecek ve içeceğimiz tükeniyordu. Sonunda, gemi enkazları arasında denize dökülmüş yiyeceklerden en az bozulmuş olanları toplayıp yemeğe çalıştık. Ama denizin tuzlu suyu bunlara öyle işlemişti ki, kurutsak da çok bir şey değişmiyordu. Suyun tükenmiş olduğunu düşünerek, ben, bu tuzlu şeylerden pek yemedim. Ot ile idare etmeğe çalıştım. Nitekim, üç dört gün içinde, tuzlu yiyeceklerden fazlaca yiyenler susuzluktan birer-ikişer ölmeğe başladı. Kalanlar ölenleri gömüyordu. Bu işi en son yapan ben oldum. Ama sadece otla idare etmek beni de pek zayıf ve takatsiz bırakmıştı.

Belki ancak bir-iki günlük ömrüm kaldığına inanıyordum.

Tek başıma kalınca, gidip, en geniş nehrin mağara ağzına oturdum ve düşünmeğe başladım. Acaba bu nehir nereye akıp gidiyordu? Devamlı yerin altına mı akıyordu, yoksa bir zaman sonra yerin üstüne çıkıyor muydu? Bu merakımı gidermek, bana bir şey kaybettirmezdi. Zaten bir-iki gün sonra ölecek değil miydim? Ama ya olumlu bir sonuca ulaşırsam!..

Hemen kalkıp bir sal yaptım ve üzerine bulabildiğim bir iki gereç ile, biraz ot koyduktan sonra, salı nehre indirdim. Birkaç metre sonra mağaraya, yani karanlık içine girmiş oldu. Ne kadar gittiğimi bilmiyorum. Çünkü mağarada ilerledikçe, havanın azalmasından dolayı bayılmışım. Kendime gelip gözlerimi açtığımda, inanılmaz güzellikte, apaçık, güneşli ve bol meyva ağaçlarıyla kaplı bir yerde buldum kendimi. Salım kıyıya çekilip bağlanmıştı ve etrafımda bir sürü esmer insan toplanmış, bilmediğim bir dilde, meraklı meraklı konuşuyordu. İçlerinden biri bana yaklaşıp: "Esselâmüaleyküm ey efendi!" dedi. Ben "Aleykümselâm" deyince, dilinden anladığımı görüp, bana şöyle sordu:

"Biz bu gördüğün sahil boyunca yaşarız. Dağın altından çıkan bu nehrin suyuyla da tarlalarımızı sularız. Bu sabah çalışmağa gelmiştim. Yine su almak için kıyıya inince, dağın altından senin salının çıktığını görüp hayretler içinde kaldım. Üstelik üzerinde baygın bir adam yatıyordu, yani sen. Hemen nehre atlayıp salı yakaladım ve kıyıya çekip bağladım. Sonra gidip arkadaşlarıma haber verdim. Birlikte seni kıyıya taşıdık ve dinlenmeni sağlamak için uyanana kadar başında bekledik. Bize anlatır mısın: Bu ne garip bir iştir ki, dağın altından bir adam çıkıyor? Dağın altında ne işin vardı? Orada mı yaşıyordun yoksa? Değilse oraya neden, nasıl girdin? Çünkü seni hiçbirimiz daha önce buralarda görmüş değiliz... Bize anlatır mısın?"

Ben de, konuşabilmek için gırtlağımdan bir iki lokma yiyeceğin geçmesi gerektiğini, çünkü çok uzun zamandır aç olduğumu söyledim. Hemen önüme, bulabildikleri en güzel yiyecekleri yığdılar. Ben de karnımı tıka basa doldurduktan sonra, başımdan geçenleri, merakla açılmış kulaklara anlattım. Allah'a ne kadar şükretsen azdır, dediler. Ve birlikte, ikişer rekat şükür namazı kıldık. İmamlığı, benimle konuşan, güleç yüzlü zat yaptı. Sonra beni şehre götürdüler. Bu şehrin ve adanın isminin Seylan olduğunu söylediler. Ve birkaç gün sonra Seylan melikinin huzuruna kabul edildim. Melik başımdan geçenleri dinleyince çok şaşırdı ve nasıl kurtulmuş olabileceğime inanası gelmedi.

Bir başka gün, benim geldiğim yerler hakkında konuştuk. Melik, Bağdad hakkında birşeyler duymuştu ve benden daha çok şey anlat-

mamı istedi. Ben de anlattım.

Melikin yakın ilgisi sayesinde durumum çok iyiydi. İyi vakit geçirdiğim gibi, melik tarafından bana harcamak için verilen paranın bir kısmıyla ticaret yapmağa başlamış, kısa sürede ufak bir servet sahibi olmuştum. Bir gün, birkaç tacirin bir gemi kiralayarak Basra'ya doğru ticaret yapmak için yolculuğa çıkacaklarını haber aldım. Hemen gidip, melikten, bu gemi ile memleketime dönmek için izin istedim. Beni anlayışla karşıladı ve memleketime dönebileceğim için sevindiğini söyledi. Gitmeden önce de kendisini görmemi istedi.

Geminin hareketinden bir gün önce gidip meliki gördüm. Bana, Bağdad sultanına verilmek üzere pek değerli hediyeler ve bir de mektup verdi. Bu arada beni de unutmamıştı. Tüccar olduğumu bildiği için, giderken burada olup da bizim orada bulunmayan, yani bana bol kazanç sağlayacak mallardan istediğim kadar alabileceğimi ve karşılığında para ödemememi, bunların parasını kendisinin ödemek istediğini söyledi.

Basra'da, Seylanlı tacirlerle vedalaşıp Bağdad'a doğru yola koyuldum. Bağdad'a ulaşınca, doğruca Harun Reşid'in sarayına gittim. Teşrifatçılara nereden ve niçin geldiğimi söyleyince, hemen huzura kabul edildim. Sultan, getirdiğim hediyeleri çok beğendi ve benim başımdan geçenleri dinleyince hayretler içinde kaldı. Mükâfat olarak da bana, pek şahane bir konak hediye etti.

Servetimin kırkta birini muhtaçlara dağıttıktan sonra, dinlenmek üzere köşeme çekildim. Eş-dost arasında huzurlu ve mutlu günler geçirmeğe başladım.

*

Bağdad'da, bir daha maceralara atılmamağa iyice kararlı olarak yaşarken, şehir içinde ara sıra ticaret yapıp canımın sıkıntısını hafifletmek istiyordum. Ne de olsa yaş kemale dayanmıştı. Fakat, günlerden bir gün, tacirler çarşısında, seyahattan dönen iki-üç tacir ile konuşurken, Hindistan'ın benim görmediğim tuhaf yerlerini anlattılar. Bu benim merakımı fazlasıyla uyandırdığı gibi, kendimce şöyle bir mazeret uydurmama da yol açtı: Şu tacirlerin anlattığı tuhaf yerleri de göreyim, ondan sonra artık kesin olarak köşeme çekilirim. Böylece, dünyada gezip görmediğim yer kalmamış olur...

SİNBAD'IN YEDİNCİ MACERASI YEDİ YIL SÜRÜYOR

Yemekten sonra masaya çaylar, kahveler, şerbetler gelince, Sinbad, kaldığı yerden macerasını anlatmağa başladı.

Ben her ne kadar böyle bir karar vermişsem de, yaşımın da ilerlemiş olmasından mı nedir, rahat hayatımı bırakarak Hindistan seyahatine çıkmayı erteleyip duruyordum. Bir gün konağıma, Harun Reşid'in adamları geldi. Beni huzuruna davet ettiğini haber verdiler. Birlik te gittik. Harun Reşid bana şunları söyledi:

"Dostum, duydum ki son olarak Hindistan taraflarına, görmediğin yerlere son bir seyahatte bulunmayı düşünüyormuşsun. Hazır o taraflara gideceksin; Seylan melikine cevabî mektubumuzu ve birkaç parça hediyemizi götürmeni isteyecektim senden. Bu çok münasip bir şey olacaktır. Zira sen onun tanışı sayılıyorsun ve üstelik bu tür yolculuklarda da tecrübelisin."

Bundan sonra, kararımı ertelemenin bir anlamı kalmadığı gibi, Harun Reşid'in isteğini yerine getirmek gibi önemli bir görev de bana yüklenmiş oluyordu.

Seylan melikine yazılmış cevabî mektubu ve hediyeleri alıp Basra'ya gittim. Karayoluyla Hindistan'a giderim diye düşünüyordum ama, bu Seylan işi çıkınca, ister istemez adaya uğrayacağıma göre, deniz yoluyla gidip, oradan Hindistan'a çıkarım diye düşüncemi değiştirdim.

Seylan meliki gelişimden ve Harun Reşid'in mektubuyla hediyelerinden pek çok memnun kaldı. Adadan ayrılırken kendisi limana kadar gelip beni uğurladı.

Bindiğim gemi Hindistan'a doğru yol alırken, korsanların saldırısına uğradı. Karşı koymağa kalkışanlar öldürüldü; yolcular ve diğer mallar korsanların eline geçti. Bir ay kadar süren bir yolculuktan sonra, bilmediğim tenha bir limanda karaya çıkarıldık. Orada korsanlar malları ve biz esirleri aralarında paylaştıktan sonra, en yakındaki büyük şehirlere doğru kervan tertip ederek yola koyuldular. Ayrılmadan önce, iki ay sonra limanda buluşmak üzere sözleştiler. Benim içinde bulunduğum grup, iki haftaya yakın süren bir yolculuktan sonra, esir pazarları kurulan bir şehre vardı. Esir pazarlarında, zayıf olduğum için, bana müşteri çıkmıyordu. Nihayet yaşlı bir fırıncıya yok pahasına satıldım. Fırıncı, yazı ve hesap bilip bilmediğimi sormuştu sadece. Birlikte onun fırıncılık yaptığı kasabaya gittik.

Beş yıl bu fırıncının yardımcısı olarak çalıştım. Çok iyi anlaşıyorduk. Artık kölemiyim, yoksa fırıncının oğlu mu belli değildi ve kasaba halkı beni onun oğlu olarak çağırıyordu.

Beş yıl sonra, fırıncı bir gün beni bir köşeye çekip konuşmağa başladı:

"Sinbad, şimdi beni dinle. Ben iyice yaşlandım. Bir tek kızım ve oğlum yerinde olan senden başka bu dünyada kimsem yok. Bütün akrabalarım ve karım yıllar önce bu dünyadan göçtüler. Yarın öbür gün beni de yollayacaksınız. Ama ben, biricik kızımın benden sonra yalnız başına kimsesiz ve korumasız kalmasına razı olamam. Evlenme yaşı da geldi. Eğer kabul edersen, onu seninle evlendirmek isterim. Böylece gözüm arkada kalmaz. Ben öldükten sonra bütün malım mülküm sizin olacaktır. Bildiğin gibi ben zengin bir adamım. Bırakacağım servet, hiç çalışmasanız da, ölene kadar bitiremeyeceğiniz çokluktadır. İstersen benden sonra bu fırını ve diğer arazileri de satıp, kızımla birlikte senin memleketine göçebilirsiniz. Sen dürüst bir insansın. Beş yıldır herhangi bir hileni, yalanını görmediğim gibi, dindar ve en başta Allah'dan korkan bir kişisin. Allah'ın yaratıklarına karşı iyi muamele edeceğinden emin olduğum için, kızımı hoş tutacağından emin bulunuyorum. Eğer kabul edersen sizi hemen evlendirmek ve armağan olarak bağlar arasındaki mavi köşkü size vermek istiyorum. Bu acelem pek uzun bir ömrümün kalmadığını zannettiğim içindir. Ne diyorsun?"

Ne diyecektim... Sadece, kızın da buna razı olup olmadığını kendi kulaklarımla duymak istediğimi belirttim. Çünkü, eğer kızın gönlü başka birindeyse, böyle bir şeyi asla kabul edemezdim. Sorduk ve kız olumlu cevap verdi. Hazırlıklar bir-iki gün içinde tamalandı ve kendimi kasabanın en yaşlı, nur yüzlü imamının karşısında buldum. İmam nikahımızı kıydı ve bize hayır-duada bulundu. Onun da, kasabadaki diğer insanların da bu işe çok sevindiğini görmek beni de mutlu etti. Meğer burada ne kadar çok seviliyormuşum...

Karımı daha önce pek fazla görmemiştim. O güne kadar gördüğüm en güzel kız olduğunu, başbaşa kalınca anladım. Onunla çok iyi anlaştık. Fırıncının verdiği mavi köşk bir mutluluk yuvası haline geldi.

Evliliğimizden üç ay kadar sonra kayınpederim olan fırıncının ömrü son buldu ve onu öte dünya yolculuğuna uğurladık. Artık her şeyin sahibi bendim. Çok güzel bir karım ve büyük bir servetim vardı. Hemen memlekete dönmeyi düşünümezdim. Çünkü burada ben de en az firıncı kadar sevilip sayılıyordum. Hemen çekip gitmek, vefasızlık sayılabilirdi. Bu iyi insanlara bu reva değildi. Daha bir sene burada kalmağa karar verdim. Ama sekiz ay geçince, sıla hasreti dayanılmaz bir hal aldı. Zaten kasabanın ileri gelen yaşlılarından da çoğu ölmüştü. Bir akşam bu konuyu karımla konuştuk. O da uygun buldu. Zaten onun da burada akrabası yoktu ve baba dostları da birer ikişer ölüp gitmişti. Yavaş yavaş yol hazırlığına başladık. Kasabadaki taşınmaz mülkleri satıp, altın ve mücevherata çevirdik. Sonra da sahildeki, büyük bir şehre giden, bir kervana katıldık. Limana inince, üç gün sonra bir geminin Basra'ya doğru hareket edeceğini öğrendik.

Üç gün sonra bindiğimiz bu gemi bir adada bozulunca, bir hafta kadar bekledikten sonra başka bir gemiye binip Basra'ya ulaştık.

Basra'dan Bağdad'a gelince, doğruca konağımıza indik ve yeni karımı, Bağdad'daki karım ve iki çocuğumla tanıştırdım. Ondan çok hoşlandılar ve kendisine bütün kolaylıkları gösterdiler. Aynı gün Harun Reşid'in huzuruna kabul edildim ve Seylan melikinin selamlarını bildirdim. Harun beni görünce çok sevindi ve neredeyse hayatımdan endişe duymağa başladıklarını, bunun da kendisini üzdüğünü söyledi.

Tekrar konağa dönüp dinlenmeğe başladım.

İki karım ve çocuklarım etrafımı sarmış, ne istersem yapmağa hazır bekliyor, beni neşelendirmek için ellerinden geleni yapıyorlardı. Onlara, bundan sonra böyle uzun ve maceralı seyahate çıkmayacağıma ve birlikte huzur içinde yaşayacağımıza kesin olarak söz verdim. Hepsi bundan pek büyük bir sevinç duydular ve oynamağa başladılar. Boynuma sarılıyor, beni ne kadar çok sevdiklerini söylüyorlardı. Bütün eşi dostu davet edip iki hafta boyunca her gün ve gece ziyafet tertip ettik. Mutluluğumuzu herkesle paylaşmak istiyorduk. Bir gün, hesaplayınca, son seyahatimin yedi sene sürdüğünü gördük.

*

Sinbat, maceralarını böylece anlatıp bitirdikten sonra, adaşı Sinbad'a dönüp sordu:

"Ey adaş, söyle bakalım şimdi, dünyada benim kadar tehlikeli yolculuklar yapmış biri, bundan sonra sakin ve hoşça bir hayatı hak etmiş olmuyor mu?"

"Evet efendim; siz bunca tehlikeyi yaşayıp, Allah'ın yardımı ve dilemesiyle atlattıktan sonra bu hayatı tabii ki hak ediyorsunuz. İnşaallah ömrünüz uzun ve hep böyle hoşluk içinde olur.."

Sinbad, hamal Sinbad'ı dostları arasına kabul etti ve Bağdad'ın en büyük çarşısında ona bir dükkan açtı.